Bianca

D1561715

Dani Collins
Un jeque seductor

HARLEQUIN

Editado por Harlequin Ibérica.
Una división de HarperCollins Ibérica, S.A.
Núñez de Balboa, 56
28001 Madrid

© 2015 Dani Collins
© 2015 Harlequin Ibérica, una división de HarperCollins Ibérica, S.A.
Un jeque seductor, n.º 2406 - 12.8.15
Título original: The Sheikh's Sinful Seduction
Publicada originalmente por Mills & Boon®, Ltd., Londres.

I.S.B.N.: 978-84-687-6231-9
Depósito legal: M-16285-2015
Impresión en CPI (Barcelona)
Fecha impresion para Argentina: 8.2.16
Distribuidor exclusivo para España: LOGISTA
Distribuidor para México: CODIPLYRSA
Distribuidores para Argentina: Interior, DGP, S.A. Alvarado 2118.
Cap. Fed./Buenos Aires y Gran Buenos Aires, VACCARO HNOS.

Capítulo 1

AL LLEGAR al oasis, Fern Davenport sintió que revivía. Los dos días de viaje a camello a través de las dunas que ella había esperado con tanta ilusión, habían sido tal y como le había advertido Amineh, su jefa y amiga. Una prueba de resistencia. Sin embargo, habían merecido la pena, tal y como le habían prometido.

Después de haber pasado tanto tiempo entre la arena tostada, el color verde de las plantas hizo que Fern se sentara derecha e inspirara, igual que estaba haciendo su camello para detectar el aroma del agua. Nada más llegar al manantial subterráneo, donde las palmeras eran pequeñas y la hierba escaseaba, ella se sintió como un gigante que miraba los árboles desde arriba. El sol ya se estaba ocultando detrás del cañón y el aire fresco comenzaba a colarse bajo su *abaya*, acariciando sus piernas desnudas.

La tensión que le generaba preocuparse por su supervivencia comenzaba a disiparse y ella deseó soltar una carcajada de alegría.

Sin embargo, ese tipo de reacción no era su estilo. Ella prefería permanecer lo más invisible posible. En general, Fern se consideraba una observadora más que una participante, pero por primera vez en la vida se sentía como imaginaba que debía sentirse una adolescente. Sentirse viva era una extraña sensación.

Deseaba quitarse la ropa y exponer su cuerpo caliente al aire fresco, sentir que la vida penetraba por los poros de su piel. Anhelaba fusionarse con la Naturaleza.

Renovada, miró hacia delante donde la caravana iba a detenerse y lo vio.

Un hombre vestido con túnica y turbante. Por lo que ella sabía, podía haber sido uno de los cuidadores de los camellos, pero había algo en ella que reconocía al tipo de hombre que atraería a cualquier mujer. Un líder. Una persona a la que otros hombres pedirían su aceptación y aprobación. Un hombre fuerte y seguro de sí mismo que pisaba el suelo con firmeza.

Fern se obligó a mirarlo, y tuvo que esforzarse para soportar el impacto de tanto atractivo.

Tenía el mentón cubierto de barba incipiente, la piel bronceada por el sol, los labios bien marcados y sensuales. La nariz aguileña, las cejas tan rectas como el horizonte y los ojos verdes. Tan llamativos y revitalizantes como aquel oasis.

Su magnificencia provocó que a ella se le cortara la respiración.

–¡Tío! –las niñas lo llamaron y él cambió su expresión seria por una sonrisa.

Al verlo, Fern sintió que la melancolía se instalaba en su corazón.

Para ella, los hombres eran criaturas desconcertantes y durante su vida apenas había tenido contacto con ellos. A menudo se sorprendía mirándolos como los ornitólogos observan a los pinzones, estudiando su comportamiento y tratando de comprenderlo. Siempre se sorprendía de ver que eran bastante humanos. Los que tenían capacidad de ser cariñosos con los niños, le resultaban especialmente fascinantes, y se preguntaba cómo sería conocer a alguno lo suficiente como para comprenderlo de verdad.

¡Y no es que esperara conocer bien a aquel!

Había llegado a la conclusión de que era Zafir, el hermano de Amineh. Ra'id, el marido de Amineh, le dio órdenes al camello para que se arrodillara. Nada más desmontar, los hombres estrecharon las manos, inclinaron la cabeza y se abrazaron.

«Es evidente que no era un cuidador de camellos», pensó Fern. El tío Zafir al que se referían sus estudiantes era formalmente conocido como el Jeque abu Tariq Zafir ibn Ahmad al-Rakin Iram. Era el gobernante de Q'Amara, el país que hacía frontera con el de Ra'id.

Debía de haberse percatado de quién era y por eso estaba tan afectada. Se sentía muy inquieta por haber conocido a un hombre tan importante. No solo era tímida por naturaleza, sino que además se sonrojaba con mucha facilidad, tal y como solía sucederles a las pelirrojas como ella. La primera vez que habló con Ra'id se sonrojó al instante. Su madre, una mujer dominante y enojada, la había hecho sensible a todas las figuras de autoridad. Y puesto que siempre deseaba complacer, era comprensible que se hubiera puesto muy nerviosa al conocer a otro jeque.

Sin embargo, nunca se había sentido de ese modo. Estimulada y electrizada a la vez. Resultaba muy desconcertante.

Se acercaron otros hombres. Cuidadores de camellos y empleados del campamento, pero ella no se fijó en ninguno. Zafir no se había fijado en ella, ¿por qué iba a hacerlo? Estaba oculta bajo un niqab y unas gafas de sol, bien protegida contra el calor del sol y las dentelladas del viento lleno de arena. Él estaba ocupado manteniendo una conversación separada con cada una de sus sobrinas, a las que sujetaba en sus brazos.

Las niñas bajaron al suelo en cuanto llegó un niño, gritando el nombre que Fern había escuchado en numerosas ocasiones desde que le habían propuesto realizar aquella caravana por el desierto.

–¡Tariq!

El niño era el primo de las pequeñas y, según le habían contado, tenía diez años. Iba vestido con una larga túnica como la de su padre y retó a las niñas para que hicieran una carrera hasta las tiendas de colores que habían montadas más adelante.

Ra'id ayudó a su esposa cuando el camello se arrodilló. Amineh se levantó el niqab para abrazar a su hermano con el mismo cariño que expresaba al hablar de él. Todos hablaban en árabe, un bonito idioma que Fern no dominaba...

–¡Uy! –exclamó Fern cuando su camello se inclinó hacia adelante.

«Recuerda que has de echarte hacia atrás», le había advertido Amineh miles de veces, pero Fern estaba tan concentrada observando cómo Zafir sonreía a su hermana que no se había percatado de que su camello se estaba arrodillando. Intentó sujetarse, pero se deslizó hacia un lado cuando el animal tocó el suelo. Debía de haber hecho el peor desmonte de la historia de Arabia. Todo el mundo la estaba mirando.

–¿Estás bien, Fern? –preguntó Amineh–. En la última parada parecía que le habías pillado el truco. Debería haberle dicho a Ra'id que te ayudara.

–Estoy bien. Solo distraída. Todo esto es tan bonito –comentó, tratando de disimular su interés por Zafir. Oyó que Ra'id decía algo en árabe y entendió las palabras: la profesora de inglés.

–Así es –confirmó Amineh–. Acércate a conocer a Fern. Ah, gracias, Nudara –añadió cuando su doncella se acercó con una bolsa de tela. Amineh se quitó el abaya y lo metió en la bolsa antes de acercarse a Fern para indicarle que hiciera lo mismo con su túnica–. Ella les sacudirá la arena para que los tengamos preparados cuando lleguen los nómadas.

Antes de aceptar ese trabajo, Fern nunca había tenido sirvientes. Su madre se había pasado toda la vida cansada, debido a que trabajaba limpiando casas de otras personas no solía tener energía para limpiar la suya. Sin embargo, a Fern le gustaba tener las cosas impecables y siempre había mantenido su piso muy limpio. Durante los últimos meses de su vida, Fern había proporcionado todos los cuidados necesarios a su madre y todavía no se había acostumbrado a delegar en otras personas tareas como las de cocinar o lavar la ropa. Le parecía presuntuoso, aunque Nudara no parecía ofenderse.

Quizá si Fern hubiese estado al mismo nivel que Amineh, no le habría molestado pedirle cosas a los sirvientes, pero se encontraba en un extraño limbo entre ser sirviente o miembro de la familia.

Aunque ¿cuándo no había sido como el patito feo apartado del grupo?

Esa situación no era mejor. A pesar de que había empezado a cubrirse la cabeza desde que había ocupado su puesto como profesora de Inglés de Bashira y Jumanah, Fern se sintió terriblemente atrevida cuando se quitó las gafas oscuras, se desabrochó el velo y se retiró el pañuelo. Era el cabello. Sus rizos de color pelirrojo provocaban que la gente de aquel país se fijara en ella. Tras dos días de viaje, al sentir el aire fresco sobre la cabeza sudada, se estremeció. Tras quitarse la abaya, la blusa sin mangas y la falda que llevaba quedaron al descubierto.

—¿Mi ropa es demasiado atrevida? —le preguntó a Amineh en voz baja—. No sabía que nos quitaríamos las abayas delante de todo el mundo.

—Aquí no pasa nada —la tranquilizó Amineh mientras se dirigía a hablar con un sirviente.

Fern miró al jeque como buscando confirmación.

Él la miró de arriba abajo, provocando que se estremeciera.

Los hombres nunca la miraban más que el tiempo necesario para preguntarle la hora o una dirección. En general, la gente no solía fijarse en ella. Solía vestir de manera conservadora y sencilla. No llevaba maquillaje y hablaba con suavidad. En el pueblo donde se había criado, cerca de la frontera con Escocia, era común ver chicas pelirrojas con pecas y tez pálida.

Sin embargo, en aquella parte del mundo, pocas mujeres tenían la piel tan blanca como ella. Y no era que Fern fuera mostrando sus piernas y sus brazos por ahí. No, le gustaba ir cubierta y parecer invisible.

Sin embargo, parecía que el jeque era capaz de mirar a través de la ropa de algodón que se le había quedado pegada al cuerpo, como si estuviera fijándose en sus defectos y mostrando lo que ella sentía como desaprobación. Fern sintió que se le encogía el corazón. Odiaba dar pasos en falso, que la juzgaran y que no le dieran la oportunidad de demostrar lo que valía.

–Bienvenido al oasis –dijo él.

Según le había contado Amineh, Zafir era un hombre viudo. Su esposa había fallecido tres años antes a causa de un cáncer.

–Se quedó muy afectado. No habla mucho sobre ella y cuando lo hace siempre es con admiración –le había dicho Amineh.

Eso significaba que debía de sentir lástima por él, pero lo que Fern sentía era cierta hostilidad. No le gustaba. Por lo general, evitaba cualquier tipo de conflicto. Si se sentía acorralada, era capaz de solventarlo utilizando el sarcasmo, pero odiaba ser ese tipo de persona e intentaba que no sucediera.

No obstante, él la miraba como si supiera algo acerca de ella. Y Fern se sentía intimidada por ese tipo de hombre tan arrogante. ¿Cuándo se habían encontrado con alguien como él? Por instinto, los débiles necesitaban a alguien poderoso a su lado y ella lo sabía, pero además sentía algo que nunca había experimentado antes. Y temía que fuera atracción hacia él.

Notó que empezaba a sonrojarse y se odió por ello. Aborrecía que su cuerpo reaccionara de esa manera. Se sentía avergonzada por su manera de avergonzarse y deseaba morir.

Zafir vio que Fern se sonrojaba y se fijó en que le habían desaparecido las pecas. De pronto, sintió ganas de soltar una carcajada.

Consciente de que no sería de buen gusto, miró a otro lado para disimular su mirada de diversión. No quería ablandarse delante de aquella profesora de inglés, que a su vez se estaba ahogando en su propia manera de reaccionar ante la atracción sexual. Él tenía suficiente experiencia como para saber lo que le estaba sucediendo a ella y era lo bastante hombre como para que le gustara.

Aunque era inglesa.

A pesar de que sabía que no era apropiada para él, Zafir la miró de nuevo y se fijó en las pecas que cubrían sus brazos. Tenía por todo el cuerpo, incluso en los empeines. Su cuerpo desnudo sería una imagen maravillosa.

Una imagen que no intentaría ver, por muy apetecible que fuera.

Zafir apartó la mirada de la falda de Fern, se fijó en sus hombros y después en sus ojos, y vio que ella no dejaba de mirarlo con nerviosismo.

Gracias a que era el nieto de un duque, había recibido mucho más que una educación académica. Aparte de haber adquirido conocimientos sobre economía y diplomacia, había aprendido que las mujeres occidentales podían ser increíbles a la hora de complacer las necesidades de un hombre. Si él la deseaba, podría tenerla.

Por eso comenzó a fantasear acerca de besarla en el hombro para sentir el calor de su piel y saborearla. Por eso deseaba meter la mano bajo su falda para descubrir la forma de su trasero y presionar las caderas contra las suyas.

No obstante, las rubias de piel bronceada eran sus preferidas. Norteamericanas o escandinavas, y solo mientras viajaba. Ya tenía bastantes problemas con los conservadores de su país sin tener aventuras amorosas en su propio país. Pestañeó con arrogancia y miró a otro lado, haciendo evidente su rechazo ante Fern.

Ella tragó saliva, cerró los ojos un instante y se mordió las comisuras de los labios.

Él sintió un deseo irrefrenable de posar los labios sobre los suyos para torturarla hasta que abriera la boca. Casi podía sentir el tacto de su cabello enredado entre sus dedos mientras la sujetaba bajo su cuerpo para penetrarla.

«Es inglesa», se recordó, blasfemando en silencio.

Decidió que únicamente se sentía atraído por ella porque no había estado con ninguna mujer durante los dos últimos meses. Él no era como su padre, que se había enamorado tanto de la mujer equivocada que había perdido la vida por ella, dejando a su hijo bastardo para que solucionara el resto.

—Fern, este es mi hermano Zafir. Puede llamarte así mientras esté aquí, ¿verdad? —Amineh se volvió y lo agarró del brazo—. Sé amable con ella —le dijo—. Es tímida.

Fern. Curiosamente, el nombre era apropiado, ya que en su país se utilizaban nombres inspirados en la Naturaleza.

—Por supuesto —contestó él, consciente de que estaba reaccionando de forma inadecuada para el momento—. Siempre y cuando yo pueda llamarte Fern —lo haría de todas maneras, pero quería pedirle permiso.

«Maldita sea», pensó. No podía desearla tanto como para querer reclamar su derecho hacia ella. Como si estuviera dando por hecho que la poseería. Era puro deseo. Estaba de vacaciones, relajado. Sexualmente excitado. Era normal que reaccionara ante cualquier mujer. Eso era todo lo que le pasaba, y podría resistirlo.

Fern pestañeó y asintió inquieta, jugueteando con los dedos.

Él se sintió satisfecho al ver su reacción. Era una reacción carnal y para él tenía un encanto especial.

–Aquí somos muy informales –comentó Amineh–. Nos cubriremos de nuevo en cuanto lleguen los beduinos, pero hasta entonces el oasis es nuestro. Por eso me encanta. Estaba deseando que llegara este momento –apretó de nuevo el brazo de su hermano y después lo miró frunciendo el ceño–. Pareces enfadado. ¿Por qué? Vamos a divertirnos. A comportarnos como niños otra vez. Vamos, Fern. Caminemos hasta el campamento y acomodémonos.

Fern comenzó a colgarse bolsas del hombro.

Zafir tuvo que contenerse para no decirle que permitiera que se las llevaran los sirvientes, pero recordó que ella era la empleada de Ra'id. Y no la hija de un embajador. Sabía mejor que él cuál era su lugar.

Al ver que intentaba cargar una tercera bolsa sobre su hombro, él se acercó para ayudarla.

–Puedo regresar por ella –insistió Fern, pero él no soltó la bolsa y se movió para agarrar las otras dos que ella cargaba. Al hacerlo, acarició su hombro con el dedo pulgar y notó que un fuerte deseo se instalaba en su entrepierna.

«¿Solo por rozarla?», pensó asombrado.

Ella inclinó la cabeza, de forma que él no pudo ver si había reaccionado de la misma manera. Aunque si no se equivocaba, le pareció ver que sus pezones erectos presionaban contra la tela de su blusa. Y no podía ser porque tuviera frío en aquel clima.

Amineh estaba a mitad de camino con Ra'id, permitiendo que fuera Zafir quien acompañara a Fern. Él se esforzó por buscar un tema de conversación neutral.

–El oasis tiene unos diecisiete kilómetros cuadrados. Mi padre lo diseñó como reserva natural cuando éramos pequeños. Hay una tribu a la que permitimos acampar aquí, aunque no pidan permiso, puesto que siguen la ruta migratoria de las aves. Suponemos que vendrán mientras estemos aquí. En cualquier otro caso el acceso está completamente limitado.

–He leído acerca de ello antes de venir –su rápida contestación parecía decir: gracias, pero sé todo lo que necesito saber.

«Déjalo», pensó él. «Déjala». Era bueno que ella hubiera captado el mensaje de que él estaba dispuesto a coquetear.

Sin embargo, él continuó caminando a su lado, incapaz de apartar la mirada de su cuerpo, y fijándose en cómo se movían sus senos al andar.

Entretanto, ella continuó mirando hacia delante como intentando ignorarlo.

–¿Cuánto tiempo llevas enseñando a las niñas? –preguntó él.

–Tres meses –lo miró un instante–. Si te soy sincera, me siento como si estuviera engañándolas un poco. Amineh, quiero decir, Bashira...

–Está bien –dijo él–. Como te dijo ella, aquí estamos muy relajados. No es necesario que te refieras a ella por el título.

–De acuerdo. Gracias. Lo que iba a decir era que

su inglés es perfecto y que las niñas ya cambian de idioma con facilidad. Aparte de para corregirles la gramática, no estoy segura de que me necesiten realmente. Aunque para mí es una oportunidad tan buena para conocer otra cultura y... –se aclaró la garganta y lo miró–. Las niñas son encantadoras –murmuró–. Me siento afortunada por estar aquí. Bueno, allí. Y aquí.

Zafir vio que se sonrojaba de nuevo. Era evidente que estaba interesada en él. ¡Qué fascinante! Las hormonas que indicaban a un hombre que debía perseguir a una mujer inundaron su cuerpo.

–Estoy seguro de que está encantada de tenerte en su casa –dijo él, con cierta tensión en la voz–. Mi hermana y yo preferimos el mundo de nuestro padre, pero a menudo echamos de menos Inglaterra –en realidad deseaba vivir en los dos sitios a la vez.

Realmente podía parecer que traicionaba a su país por no estar completamente comprometido con el lugar que gobernaba, pero no era cierto. Incluso estaba dispuesto a realizar grandes sacrificios por aquel lugar. Frunció el ceño.

A su lado, Fern se detuvo y miró hacia la playa. Lo que vio parecía una situación de caos organizado. Estaban montando las tiendas, sacaban almohadones de cestas y desenrollaban alfombras de seda.

–No sé dónde tengo que ir... ¿Dormiré con las niñas?

–No, ellas tienen su propia tienda –señaló hacia donde estaba su hijo. El pequeño indicaba dónde estaba la división entre su espacio y el de las pequeñas.

Las sirvientes estaban cerca de la bomba de agua que había al final de la playa, donde prepararían el fuego para cocinar. Junto a la tienda de los niños estaban montando una más grande en la que dormirían Amineh y Ra'id. La tienda de Zafir estaba colocada al final del pequeño banco de arena que había frente al agua. El equipo de seguridad colocaría sus tiendas en lugares estratégicos alrededor del oasis.

Zafir vio que en la mitad del campamento, bajo unas palmeras, había una tienda desmontada.

Al parecer, se esperaba que Fern supiera cómo montar su propia tienda.

–Esa es tuya –dijo él, acariciándole ligeramente el brazo para llamar su atención.

Sí, era tan débil que no había podido resistirse. La había tocado.

Al ver que ella contenía la respiración, él se alegró de que hubiera reaccionado de ese modo ante su caricia.

Las dos semanas siguientes no iban a ser fáciles.

Fern deseaba que Zafir se fuera a dar una vuelta para poder reflexionar en lo que le estaba pasando.

Era evidente que lo encontraba atractivo. ¿Y cómo no iba a hacerlo? Era muy atractivo. Y él lo sabía, porque ella era incapaz de disimular sus sentimientos y pensamientos. Por eso siempre había preferido esconderse tras los libros y había aceptado un trabajo muy lejos de casa, para tener únicamente un par de estudiantes y apenas ver hombres.

Los hombres la ponían nerviosa. Y si llegaban a fijarse en ella los veía como una amenaza, pero había aprendido a no necesitar su aprobación. Por mucho que sintiera curiosidad por salir con hombres y mantener relaciones sexuales, no solía poner en riesgo la confianza en sí misma que tanto le había costado ganar. Durante los años le había resultado más fácil quedarse en casa y no salir con hombres para no hacer enfadar a su madre.

Había triunfado en los estudios y había trabajado mucho para ayudarla a pagar el alquiler. Se había convencido de que siempre había estado muy ocupada para el amor, pero la realidad era que había sido muy cobarde.

O quizá no había conocido a un hombre lo bastante excitante como para hacerla cambiar. El hecho de que ese día sintiera que algo se había despertado en su interior, provocó que deseara que se fijaran en ella y eso hacía que se sintiera emocionalmente vulnerable.

Nunca había reaccionado ante un hombre de una manera tan primitiva. Su conocimiento sobre el sexo era el que había adquirido gracias a los pasajes explícitos de las novelas románticas. Siempre que los leía sentía cierto placer, pero la idea de poder hacer ese tipo de cosas en la vida real, y al preguntarse qué cosas le gustaría hacer a Zafir con las mujeres e imaginarse cómo sería sentir sus manos y su boca sobre el cuerpo desnudo, sintió que sus pezones se ponían turgentes y una fuerte tensión en la entrepierna.

Era desconcertante.

Por eso su madre siempre le había dicho que el sexo era peligroso. Fern se había preguntado a menudo por qué si era tan malo había tanta gente que lo practicaba, y hasta ese momento ningún hombre la había tocado de verdad. Al menos, no para que sintiera un fuerte cosquilleo en el estómago. Por eso la gente practicaba el sexo. La sensación que provocaba era lo bastante intensa como para vencer a la lógica y al sentido común.

Deseaba separarse de Zafir y reflexionar sobre lo que le estaba sucediendo, ponerle un nombre y olvidarlo para siempre. Sobre todo porque había algo en ella que pensaba que él... Pero no. Lo estaba imaginando. Estaba malinterpretando un gesto de cortesía como un...

Ni siquiera sabía la palabra adecuada para lo que creía que sentía, solo sabía que se sentía como si estuviera atrapada en una jaula y que él merodeaba a su alrededor, como si buscara un entretenimiento.

Zafir se acercó para dejar las bolsas de Fern junto a un bulto rojo.

¿Era su tienda? Fern intentó sacar el manual de instrucciones de un bolsillo de la bolsa.

—Yo lo haré —dijo él, mientras abría la bolsa que contenía la tienda y volcaba su contenido sobre la arena.

—Estoy segura de que podré hacerlo yo.

—¿Sabes leer en árabe? —preguntó él. Después, le entregó una esquina de la tienda y se retiró para desplegar su lado

—Todavía no —contestó ella. Se movió para desplegar el otro lado y se agachó para recoger la bolsa de piquetas. —. ¿No está en inglés? No parece una tienda típicamente beduina.

—No, los diseños modernos son demasiado ligeros y prácticos como para prescindir de ellos solo por tradición. Incluso los nómadas utilizan telas más ligeras que las hechas con pelo de camello, pero cuando vengan aquí verás tiendas más auténticas —extendió la mano para que Fern le diera una piqueta.

–Me las arreglaré, y si no puedo le pediré ayuda a alguno de los otros hombres. No quiero molestarte.

–Yo lo haré –contestó él.

Ella apretó los dientes y no dijo nada puesto que hacía tiempo que había aprendido a elegir qué batallas merecía la pena luchar.

Al menos era capaz de agilizar el proceso. Lo siguió hasta la parte trasera de la tienda y lo ayudó a enganchar las cintas a las piquetas mientras él las clavaba en la arena. La sensación de que él la observaba continuamente era suya. Él no la estaba mirando, simplemente obedecía a su instinto de mostrarse superior.

Sin embargo, cuando Fern se enderezó después de terminar, sintió que la tensión era insoportable. Lo miró y, al encontrarse con la penetrante mirada de sus ojos verdes, se le entrecortó la respiración.

Sin dejar de mirarla, él continuó con lo que estaba haciendo y extendió un palo plegable para después introducirlo por la apertura de la tienda.

Era...

Ella se sonrojó, consciente de que no podría disimular. Y peor aún, sabía que no era objeto de deseo para los hombres. Las curvas de su cuerpo no eran atractivas y no utilizaba maquillaje.

Puesto que él único sitio donde podía ocultarse era en la propia tienda, se metió debajo de la tela roja y agarró el palo para colocarlo en el centro.

Por supuesto, no era tan fácil como parecía. Consiguió meter el palo en la anilla del techo, pero la tensión de la tela le impedía meterlo en la del suelo.

–Has puesto las piquetas demasiado separadas –le dijo.

–Fern, he montado más tiendas que tú –contestó él, mientras metía un palo más pequeño por una de las esquinas–. Deja que termine lo que estoy haciendo y te ayudaré.

«Estupendo. Me quedaré aquí como una idiota».

La tienda rozó su cabeza y el cabello se le erizó con la electricidad estática. Pensó en salir, pero no se atrevía a enfrentarse a él.

Segundos más tarde, la parte trasera de la tienda y las paredes se estabilizaron.

«Sal cuando entre», pensó ella, pero él levantó la parte delantera de la tienda, y agarró el palo central. Al momento, estaba delante de Fern y mirándola fijamente.

Agarró el palo y lo colocó en el lugar adecuado.

Ella trató de mirar hacia otro lado, pero él era alto y olía muy bien. Era intrigante y masculino. Increíble. Ella permaneció mirándolo a los ojos durante largo rato. Quizá demasiado, pero era incapaz de apartar la mirada de sus ojos verdosos. Él la miraba, pidiéndole algo que ella ni siquiera comprendía.

«Di algo», pensó, y se humedeció los labios con la lengua.

Él posó la mirada sobre su boca.

Fern se fijó en sus labios y se preguntó cómo sería si él la besara.

Él levantó la mano como para acariciarle la mejilla. ¿Iba a besarla? ¿De veras ella quería que lo hiciera? Sabía que no era lo correcto, pero él parecía que iba a hacerlo.

–Señorita Davenport, ¿está ahí? –Bashira la llamó desde el exterior.

–Aquí estoy –contestó ella tartamudeando, y descubrió que todavía estaba agarrando el palo bajo la mano de Zafir.

Él le apretó ligeramente la mano antes de retirar la suya como si quemara. Parecía disgustado, acusador y confuso a la vez.

Fern se acarició la boca y evitó mirarlo mientras lo rodeaba para abrir la tienda.

El aire fresco, aunque seco y cálido, le hizo darse cuenta de lo cargado que estaba el ambiente en el interior. Su corazón seguía latiendo con fuerza y ella tuvo que esforzarse para sonreír al ver que las niñas se acercaban.

–Mamá ha dicho que esto es para ti –Bashira ayudó a Jumanah a arrastrar un cesto sobre la arena. Tariq las seguía cargando una colchoneta sobre el hombro.

–¿Has conocido a mi hijo? –preguntó Zafir cuando salió a su lado.

Ella dio un paso adelante para separarse de él.

–Todavía no.

¿Qué había sucedido? ¿Estaba tonteando con ella? Fern no sabía qué esperar del hermano de Amineh, pero crueldad no estaba en su lista. La idea de que él jugaría con ella para entretenerse no solo era dolorosa, sino que la hacía sentirse aún más vulnerable. No sería capaz de evitarlo en aquel lugar.

Él se adelantó para recoger la colchoneta que cargaba su hijo, presentó al chico y desapareció dentro de la tienda para extenderla.

¿Cómo se suponía que ella podría dormir en algo que él había tocado?

–Tus primas hablan muy bien de ti, Tariq –dijo ella

con voz temblorosa–. Tengo ganas de conocerte mejor.

El niño la miró muy serio. Por suerte, no tenía los mismos ojos de su padre. Los suyos eran negros, pero reflejaban la misma inteligencia y seguridad.

–También hablan bien de ti, pero he de decir con todos mis respetos que ya no necesito una niñera. Tengo escolta –se giró una pizca para señalar a un hombre que lo observaba desde la tienda de los niños–. Me protege de las amenazas externas. Me permite cometer mis propios errores y aprender de ellos.

Fern asintió.

–Veo que eres lo bastante maduro como para hacer tal cosa. Aunque no soy una niñera. Soy la profesora de inglés de las niñas.

–Estoy de vacaciones –contestó Tariq–. Mi inglés es excelente.

–De todos modos, espero que nos acompañes en las clases de exterior –dijo Fern–. Tengo muchas ganas de explorar el oasis. He traído un microscopio, algunos libros y cuadernos de dibujo. A lo mejor puedes enseñarme algunas cosas acerca de tu país y de su vida salvaje.

–Oh, sí, eso puedo hacerlo –dijo el pequeño–. Mi padre también sabe muchas cosas –comentó cuando Zafir salió de la tienda–. Es capaz de encontrar animales incluso cuando intentan esconderse.

Fern se negó a mirar a Zafir después de escuchar ese comentario. No estaba interesada en que se riera de ella otra vez.

–Eso sería un detalle –murmuró–, pero ya me ha ayudado bastante. No quiero abusar.

–Lo harías por mis primas, ¿verdad, Baba? –dijo Tariq, mirando a su padre.

–Por supuesto –Zafir agarró el hombro de su hijo–. Para eso estamos aquí. Para pasar tiempo con nuestra familia. ¿Le enseñarás a nuestra invitada dónde puede encontrar todo lo que necesita? Tengo que confirmar cuanto antes que todo el mundo ha llegado bien –se volvió hacia ella y añadió–. Los rescates son difíciles y el tiempo es vital, así que cualquier indicio es suficiente para activarlos. Basta con que me retrase en la confirmación para que lo pongan en marcha. Disculpadme.

Como si no hubiera sucedido nada entre ellos, él asintió y se alejó.

Por supuesto, no había sucedido nada. Quizá ella lo había imaginado todo.

Excepto que todavía le quemaba la mejilla donde él había estado a punto de tocarla.

Se obligó a no quedarse mirando su espalda, pero no pudo evitar preguntarse cómo sería su espalda desnuda. Fuerte y bronceada. ¿Cuándo había fantaseado con acariciar la espalda de un hombre? ¿O a tumbarse desnuda sobre él?

Aquel lugar era sobrenatural, y Fern se sentía como si la hubiera hechizado.

Nerviosa, se esforzó para prestar atención a los pequeños. Ellos le mostraron dónde podía encontrar agua hervida para beber, le enseñaron dónde estaba la letrina y le dieron una pequeña escoba para barrer escorpiones sin entraban en su tienda. Después, se marcharon para que pudiera desempaquetar.

Fern entró en su tienda y suspiró. Amineh le había hablado del oasis como si fuera un lugar de libertad, pero Fern tenía la sensación de estar secuestrada, rodeada de lujo, eso sí. La tienda era más grande que la pequeña habitación en la que se había criado. La ropa de cama y los almohadones que los niños le habían llevado eran de seda y colorida, y la colchoneta que Zafir había colocado era lo bastante grande para dos personas.

«Basta».

¿Cómo había terminado en aquel lugar del fin del mundo? Siempre había pensado que encontraría un trabajo en un colegio de pueblo. Su única aspiración había sido ayudar a los estudiantes reservados y descontentos a descubrir su potencial oculto y proporcionarles el mismo rayo de esperanza que la señorita Ivy le había ofrecido a ella.

Mientras su madre seguía con vida, ni siquiera se había planteado obtener un trabajo en el extranjero, pero, después de que falleciera, Fern decidió que necesitaba un cambio y tras solicitar empleo en una agencia, terminó en ese trabajo.

Le parecía milagroso que le hubieran dado el puesto, pero su personalidad reservada encajaba con una cultura que valoraba la modestia. Amineh y ella se habían llevado bien desde un primer momento y Fern sabía que era porque ambas habían luchado para encontrar su lugar durante sus años como estudiantes.

Fern se había enterado de que Amineh y Zafir, eran el producto de una relación problemática entre un jeque árabe y la hija de un duque inglés. Habían pasado los años viviendo con uno y otro progenitor, sin encajar de verdad en ninguna de las dos culturas. Amineh había encontrado la estabilidad al casarse con Ra'id, el mejor amigo de su hermano, y viviendo de forma permanente en su país.

Zafir todavía luchaba por su derecho de gobernar las tierras de su padre, Q'Amara. Él se había casado con la hija de un jeque para intentar que la gente dejara de resistirse ante la idea de que un hombre con grandes influencias occidentales gobernara el país.

De algún modo, ella no podía imaginarlo con el mismo ceño fruncido con el que Amineh hablaba tristemente sobre los difíciles años de su infancia. Parecía demasiado orgulloso como para permitir que los prejuicios alcanzaran su corazón. Era difícil imaginar a un hombre tan dinámico y seguro de sí mismo preocupado por algo.

Fern se asomó por la tienda y vio que él estaba con las piernas metidas en el agua en el arroyo donde los niños le habían dicho que el baño estaba permitido. Zafir se agachó sin preocuparse de que se le mojara la túnica y recogió agua con las manos para lavarse la cara.

Fern tragó saliva al verlo. Estaba muy atractivo. Al instante, ella se percató de que lo que le pasaba era que se había encaprichado con él como una adolescente.

«Mira hacia otro lado», se dijo, pero no consiguió hacerlo.

Zafir se volvió y miró directamente hacia la tienda de Fern. Ella no estaba segura de si él podía verla, pero se retiró hacia la parte de atrás.

Esas dos semanas iban a ser interminables.

Capítulo 2

FERN utilizó la excusa de tener que revisar el material y preparar el lugar que emplearía como aula para evitar a todo el mundo durante el resto del día. A la hora de la cena, le pidió a Nudara que le llevara un plato de un guiso especiado con un poco de yogur y pan árabe, y regresó a la tienda. El bullicio del campamento se calmó cuando todo el mundo se sentó a cenar. A menudo se oía la risa de los niños, la voz de Amineh y una risa masculina que hacía que Fern se sintiera...

Ella suspiró y negó con la cabeza. La suave brisa movía las hojas de las palmeras sobre su cabeza, y un pájaro cantaba muy cerca.

Oscureció enseguida, pero al poco tiempo salió la luna llena. El viaje se había organizado en torno a esa fecha porque era el momento más propicio para que los beduinos visitaran el oasis. Fern salió de la tienda para llevar el plato vacío a la cocina exterior. Después, se lavó los dientes y se acostó temprano. Todavía podía oír las risas de los niños y la música de un instrumento de cuerda. Nadie más se había acostado.

Ese tipo de encuentros fortalecía las relaciones entre los miembros de una tribu. La amistad entre Zafir y Ra'id había estrechado la relación entre los dos países, aunque solo intercambiaran rumores. En las empresas eso se llamaba «ejercicio para trabajar en equipo» y pagaban pequeñas fortunas para que sus empleados asistieran.

Fern era la persona más afortunada del mundo por poder presenciarlo.

Cerró los ojos un instante. No tenía motivos para sentirse sola en aquella cama. La señorita Ivy disfrutaría de escuchar todo lo que estaba haciendo cuando Fern volviera a tener conexión a internet.

«Escribe algunos apuntes», se dijo, pero no se movió. En cambio, mentalmente escribió algo completamente diferente, algo que pertenecía a una novela erótica. Una escena en la que Zafir entraba en su tienda y la acariciaba mucho más que solo la mejilla.

Fue la peor noche de su vida, y la pasó dando vueltas en la cama incapaz de dejar de fantasear con la idea de hacer el amor con Zafir.

¡Ni siquiera sabía cómo se hacía! Por supuesto sabía la teoría, pero siempre había estado apartada de cualquier fuente de contenido sexual. Su madre no le había permitido ver películas con contenido erótico ni series de televisión. Las novelas románticas que sacaba de la biblioteca las había leído ocultándolas bajo el escritorio. Siempre se había sentido culpable por disfrutar de esas lecturas y más de una amiga se había burlado de ella por sacarlas, pero Fern no podía evitar preguntarse qué había de malo en que le gustaran las historias de amor y felicidad eterna.

«El sexo», oyó la voz de su madre retumbando en su cabeza. Ceder ante las hormonas solo proporcionaba desilusión y sufrimiento.

Sin embargo, allí estaba, mimando a sus hormonas con montones de caricias y besos imaginarios. No era la primera vez que se tumbaba en la cama e imaginaba que no estaba sola, pero nunca había sido tan explícita con sus fantasías ni con un hombre en particular.

Tenía que parar.

Retiró la sábana de arriba, abrió la cremallera de la tienda y salió a tomar aire fresco. El campamento estaba en silencio y solo podía escuchar el sonido de su corazón.

Vestida con su camisón de algodón, caminó hasta la playa y suspiró al sentir la arena húmeda de la orilla. El ardor de su interior comenzó a disiparse. Era lo que necesitaba. Una ducha de agua fría.

¿Era por eso por lo que Zafir se había bañado el día anterior?

No. No podía seguir soñando con que él se sentía atraído por ella. Solo había ido para lavarse después del viaje.

Se sorprendió avanzando hasta el lugar donde él se había refrescado y se adentró en el agua hasta que sintió que se mojaba el ombligo. Después se sumergió un poco más, permitiendo que el agua empapara el camisón y permaneciendo bajo la superficie unos segundos. Echó la cabeza hacia atrás y se puso en pie con una sonrisa. ¡Se sentía muchísimo mejor!

No obstante, un pequeño baño en un arroyo no podía borrar un pasado lleno de preocupaciones, aunque ella deseara que fuera así de fácil. El dedo acusatorio de su madre la seguía a todos sitios, provocando que mermara su capacidad para disfrutar de la más sencilla de las experiencias sensuales. Desde luego, si estuviera con vida la criticaría por... Bueno, por todo. Su madre no aprobaría nada de lo que Fern había hecho desde su funeral. Ni en su vida, en realidad.

Al menos ya no se moría de deseo por un hombre que estaba fuera de su alcance. Creía que podría quedarse dormida y dejar de pensar en Zafir.

Se volvió para contemplar lo clara que estaba el agua y se encontró unos pies descalzos y bronceados al otro lado.

Se le detuvo un instante el corazón y el camisón empapado se pegó a su cuerpo.

Recorrió con la mirada aquellas piernas atléticas y se fijó en los pantalones cortos que se amoldaban a las caderas de Zafir. No llevaba camisa y reflejaba pura masculinidad. Su vientre plano estaba dividido por una fina línea de vello que se extendía por su torso.

Estaba serio y la barba incipiente que cubría su mentón hacía que pareciera peligroso. Tenía el cabello negro y corto y, sin dejar de mirarla, abrió una toalla que llevaba en la mano.

Después, la llamó gesticulando con un dedo y susurró algo en árabe.

–Ven ahora –susurró–. Lo guardas no tienen por qué verte así.

¿Cómo?

Ella se miró el cuerpo y se fijó en que el camisón se pegaba a su cuerpo por delante y que sus pezones turgentes se marcaban contra la tela. También se hacía evidente que no llevaba ropa interior.

La luz del amanecer era cada vez más intensa. ¡No podía acercarse a él de esa manera!

Su tienda de campaña estaba lejísimos de allí...

«Que alguien me ayude». Él no esperó. Se metió en el agua y la cubrió con la toalla. Ella se la anudó por la parte delantera.

—Pensaba que no habría nadie más despierto –susurró.

—Los guardas patrullan de día y de noche.

Ella miró a su alrededor y no vio a nadie.

—Bueno, cuando salí no tenía intención de bañarme.

—Menos mal que yo sí –señaló la toalla.

—No pretendía ofender a nadie –explicó ella.

—Ese era el último de mis motivos para cubrirte con la toalla.

Ella lo miró y se estremeció. Intentó mirar hacia la tienda y de pedirle a sus piernas que la llevaran hasta allí, sin embargo, solo consiguió que las fantasías que había tenido en ella invadieran su mente de nuevo. Un fuerte calor se instaló en su vientre y en su entrepierna.

¿Cómo podía provocarle aquella reacción con tan solo acercarse a ella? Resultaba muy inquietante no poder controlar sus reacciones.

Él la estaba esperando y su mirada era feroz. Esa vez, cuando se acercó más a Fern e inclinó la cabeza, ella no se alarmó. «Por favor», pensó con anticipación.

Los labios de Zafir quemaban cuando rozaron los de Fern, y resbalaban con facilidad contra las gotas de agua que cubrían su boca después del baño.

Ella cerró los ojos y él le separó los labios con la lengua, provocando que una ola de calor la invadiera por dentro. Todo su cuerpo se excitó de tal manera que se estremeció y, al instante, comenzó a besarlo también. Cuando él introdujo la lengua en su boca,

Fern se la acarició con la suya y comenzó a juguetear con ella. Sabía a humo y a especias, como a hogueras y comida exótica. Fern deseaba gemir de placer...

De pronto, recordó que todavía estaban de pie junto a la playa, donde todo el mundo podía verlos. Confusa, dio un paso atrás.

Él miró por encima de su cabeza y después la miró de nuevo con frustración.

—Acabemos esto en mi tienda —le dijo.

—Así, ¿sin más? —preguntó Fern.

—¿No te apetece?

Ella tragó saliva. Sabía que no podría disimular su deseo.

—Resulta que me gusta mi trabajo —dijo ella.

—No tienen por qué enterarse —dijo él.

—Mira, ya sé que aquí no tienes muchas opciones. Supongo que es una gran oferta, que debería sentirme halagada, pero no estoy a tu altura.

—Estaremos exactamente al mismo nivel cuando nos tumbemos.

Fern no pudo evitar imaginárselo tumbado sobre ella.

Al sentir que él le acariciaba el brazo hasta llegar al cuello, se sorprendió. Él no estaba haciendo ningún esfuerzo por calmar su deseo y era sobrecogedor. Su caricia era fuerte y posesiva y, al notar el calor de su dedo pulgar sobre la piel, Fern supo que no se olvidaría nunca de aquello.

—¿De veras quieres que me crea que no quieres hacerlo?

—Por supuesto que quiero —admitió ella. No tenía sentido que lo negara y era muy mala disimulando.

Las personas más fuertes siempre la avasallaban porque ella poseía muy pocas defensas naturales. Eso hacía que fuera muy buena con los niños e inepta cuando se trataba de hombres atractivos como él.

–Entonces, permite que suceda –continuó acariciándola–. No voy a hacerte daño, Fern.

–A mí me han hecho creer lo contrario –protestó ella–. Al parecer, la primera vez sí duele.

«Ya está», se lo había dicho sin más. No, nadie la había deseado lo suficiente como para robarle la virginidad. Era doloroso, pero cierto.

De pronto, reunió la fuerza suficiente para encaminarse hacia un lugar oscuro y pequeño. Sintiendo cierto dolor en el pecho, permitió que sus piernas temblorosas la llevaran hasta la tienda.

Su plan era utilizar a los niños como excusa si Zafir se acercaba a ella, pero él no se acercó.

Y ella se sintió decepcionada.

¿Qué creía? ¿Que era irresistible? ¿Con el cabello alborotado como lo tenía?

Se había despertado de un sueño profundo que había sido la escapatoria al terrible deseo de llorar. De no ser porque la toalla que había empleado para cubrirse estaba junto al camisón empapado, habría pensado que lo había soñado.

Por desgracia no había sido así. Y además, Zafir se había enterado de que era virgen.

Era curioso, pero su madre tenía razón. El deseo podía convertirte en desdichada.

–¡Estupendo! –exclamó Tariq, provocando que

Fern levantara la vista desde donde estaba arrodillada junto a Bashira, ayudándola a enfocar el microscopio.

–¿Qué pasa? –preguntó ella, y antes de mirar hacia donde miraba Tariq se estremeció.

–Viene mi padre para llevarnos de paseo.

Fern se puso en pie y se giró para enfrentarse a Zafir, pero él le robó la capacidad de hablar al llegar y mirar de forma respetuosa la cesta de mimbre y la tableta donde se mostraban insectos acuáticos.

Las niñas se pusieron en pie para irse a buscar unos zapatos adecuados.

–¿Por qué...? –preguntó ella, sintiéndose perseguida.

–Estás a salvo, Fern –le aseguró él, levantando una mano para calmarla manteniendo la distancia.

¡No se sentía a salvo! Y menos cuando parecía que con su mirada la visualizaba desnuda bajo un camisón mojado. Fern se cruzó de brazos, tratando de ocultar que sus pezones estaban turgentes.

–Esta mañana no debería haberlo dado por hecho –comentó él–. Te pido disculpas si te he asustado –parecía sincero, a pesar de que la miraba fijamente haciéndola sentir incómoda–. No volverá a suceder.

Bueno, eso le indicaba lo irresistible que era. A Fern se le llenaron los ojos de lágrimas, con una mezcla de frustración y esperanza y pestañeó para tratar de ocultar su decepción.

–El deseo es malo –consiguió decir, confiando en calmar el dolor que le causaba su rechazo y que pareciera que no se acostaría con Zafir aunque él deseara que lo hiciera.

Él esbozó una sonrisa.

–Dice la mujer que no sabe de qué está hablando. En este caso sí. Las consecuencias no merecen la pena.

Fern sintió que se le formaba un nudo en la garganta. Sus palabras resultaron hirientes. Era curioso que no le importara que el beso que Zafir le había dado fuera algo casual, producto de la proximidad y la disponibilidad, y nada personal. Su reacción había sido tan biológica como la de ella.

Fern no debería desear que él lo intentara de nuevo, pero lo deseaba.

Deseo. Hormonas. Fuera lo que fuera, era perjudicial para el buen juicio de una mujer. Debería darle las gracias a Zafir por descartar cualquier posibilidad de que cediera ante ello.

No obstante, se sentía herida.

Zafir sonrió y dijo:

–Solo estoy aquí porque Tariq me ha hablado de tu caso a la hora de la comida.

–¿Mi caso?

–El suyo –contestó Zafir–. Ra'id te ha pedido que no saques a las niñas del campamento si él no está, pero ha acordado con Tariq que yo soy una escolta aceptable.

–Yo... No quiero abusar.

–También estamos facilitando las cosas a Ra'id y a Amineh –dijo él.

–¿De qué manera? –lo miró después de colocar unas piedras sobre los dibujos de los niños para que no volaran.

Zafir arqueó las cejas y ella creyó comprender, pero no podía ser cierto que le estaba diciendo lo que ella pensaba que le estaba diciendo. ¿Estaban haciendo el amor?

—Eres como esos camaleones que cambian de color entre una respiración y otra —comentó al ver que se había sonrojado.

—¡Bueno, no puedo creer lo que acabas de insinuar! Es un asunto personal ¿no? Y ella es tu hermana. ¿De veras te han pedido que...?

—No. Y no voy a preocuparme de si eso es realmente lo que están haciendo, pero ambas niñas celebran su cumpleaños unos nueve meses después de pasar las vacaciones aquí. Durante los últimos años Ra'id ha tenido un horario de viajes agotador, pero anoche me contó que el año próximo esperan tener una vida más tranquila —se encogió de hombros—. Y adora a sus niñas, pero su sucesor será su hermano. Y le gustaría tener un hijo.

—¿Y tu hijo? ¿También es hijo del oasis?

—De la noche de bodas.

Era evidente que él quería finalizar la conversación. Ella se quedó con la sensación de que se había excedido, pero había sido él quien había iniciado el tema.

Las niñas regresaron y empezaron el paseo. Veinte minutos más tarde, llegaron a un alto sobre el arroyo. Zafir les explicó que ahí estaba el retransmisor que los mantenía en contacto con el mundo exterior y las niñas saludaron a los sirvientes del campamento que veían abajo.

No había rastro de Ra'id y Amineh. Fern no debía sentirse celosa, pero lo estaba.

«Todos seguimos caminos diferentes», le habría dicho la señorita Ivy. «Florece allí donde estés sembrada». La mayor parte del tiempo, Fern agradecía sus palabras de apoyo. Ese día se sentía sola.

Ignorada.

Sin amor y sin merecerlo.

Zafir les enseñó a los niños cómo utilizar su cámara digital y después observó cómo perseguían a los lagartos entre las rocas.

Fern permaneció a poca distancia, observando el campamento que estaba abajo. Llevaba una falda beige que resaltaba su cintura y una blusa de manga larga que cubría sus brazos, pero él continuaba viéndola como la había visto aquella mañana: como una ninfa enviada para seducirlo. Ella había salido del agua con los pechos firmes y los pezones turgentes y, al verla, él deseó acariciárselos con la lengua. Su feminidad estaba disimulada, pero la tela de su camisón mojado había revelado su cuerpo de mujer.

Él había estado preparado para ella después de haber pasado toda la noche recordando los momentos confusos que habían pasado juntos en la tienda. Fern se había mostrado insinuante y dubitativa a la vez, y él se había quedado desconcertado.

Él estaba seguro de que ella se sentía atraída por él, pero se había comportado como un conejito asustado. Una vez que sabía lo inexperta que era, comprendía por qué se había mostrado dubitativa. Sin embargo, durante la noche, habían salido a la luz sus propias inseguridades y lo habían torturado haciendo que se preguntara si realmente lo deseaba. La idea de que no fuera así, cuando él la deseaba tanto, resultaba dolorosa. Angustiosa.

Y después, ella se había plantado en la laguna ante él, transmitiéndole de nuevo su deseo.

Ella se había rendido ante su beso apasionado y él no recordaba cuándo un simple beso lo había incendiado de esa manera. Eran una pareja perfecta y únicamente el hecho de saber que los hombres de Ra'id los estaban vigilando hizo que él se contuviera para no actuar. Había tenido que hacer un gran esfuerzo para evitar tumbarla sobre la arena, levantarle el camisón y poseerla.

Llevarla a su tienda para satisfacer su deseo habría sido la solución.

Y si ella hubiese aceptado, él le habría robado la virginidad.

Sus palabras *por supuesto que quiero*, habían retumbado en su cabeza desde que ella las había pronunciado.

—Háblame de ti, Fern —le ordenó él—. ¿Nunca has sentido curiosidad?

—Siento mucha curiosidad —contestó ella, sonrojada—. Por ejemplo, me pregunto por qué nos ha acompañado el escolta de Tariq y no está vigilando a las niñas. ¿Qué conclusión debo sacar?

—El escolta de mi hijo es nuestro mejor especialista en serpientes —contestó divertido, consciente de que su cultura seguía siendo sexista. Aunque en aquella ocasión el motivo era puramente práctico—. Pensé que estaría bien que reconociera la zona antes de permitir que los niños jugaran. Ahora deja de esquivar mis preguntas. Sabes muy bien lo que te estoy preguntando. ¿Cuántos años tienes? Si fueras de esta parte del mundo no me sorprendería, pero ¿cómo es posible que una chica inglesa permanezca virgen hasta los veintidós años?

–Veintitrés –contestó, y se colocó el sombrero tratando de esconderse bajo su ala–. Tenía otras prioridades –añadió–. Y no es algo que quiera perder por simple curiosidad.

Hablaba como si fuera una mujer remilgada, no parecía la típica mujer del mundo occidental. La mayoría de las personas de su edad mantenían relaciones para no aburrirse. A los veinte años, y sintiéndose presionado para contraer matrimonio, él había aprovechado cada oportunidad.

–No pretendía que eso fuera un reto –añadió ella, mirándolo a la defensiva.

–Hay otras maneras de encontrar placer sin llegar hasta el final –señaló él–. Me cuesta creer que seas tan inexperta como dices y que nunca te hayan besado de verdad.

–Yo no he dicho tal cosa –contestó Fern–. Solo que no he... –la expresión de su rostro se volvió de dolor y centró su atención en los niños–. No soy una supermodelo. Los hombres no me encuentran interesante.

Zafir percibió su inseguridad y se sintió débil cuando debía ser fuerte y resistente, pero él comprendía mejor que nadie la sensación de ser desdeñado.

–No te infravalores. Los hombres somos perezosos y escogemos las frutas más fáciles. No significa que las manzanas más difíciles no sean atractivas. Esta mañana te tapé porque no quería que otros hombres vieran lo que deseaba solo para mí. Me interesas, Fern –admitió ella.

Sus palabras hicieron que Fern volviera su cabeza. La vulnerabilidad que se reflejaba en su mirada hacía que fuera todavía más atractiva y tentadora.

Él tuvo que esforzarse para mantener el control.

–¿Y conoces algo de nuestra historia? –preguntó en un tono algo agresivo, marcado por la amargura y las dificultades a las que se había enfrentado en la vida a causa de las circunstancias de su nacimiento–. La aventura amorosa entre mi padre y mi madre provocó un gran revuelo en mi país. Él rompió su matrimonio, y proclamó como heredero a su hijo ilegítimo. Cualquier muestra de mi educación occidental es vista como un defecto por mis detractores. Si estuviéramos en Londres, te habría llevado a mi cama en este mismo instante, pero no es el caso. Así que aunque uno de mis deportes favoritos es recoger fresas salvajes, por el bien de mi país y posiblemente de mi vida, lo nuestro no puede ser.

Sus palabras provocaron que una ola de calor recorriera su cuerpo. Él se comportaba como si realmente la deseara y ella no pudo evitar que una intensa sensación se instalara en su entrepierna, convirtiéndola en la fruta madura de la que él hablaba. «Tómame. Consúmeme».

No podía dejar de mirarlo y no sabía cómo disimular el efecto que tenía sobre ella. Medio desesperada, buscó cualquier indicio de juego o treta en su mirada, pero solo vio un brillo intenso en sus pupilas.

Se le aceleró el corazón.

–Lo que me mata es saber que tienes opciones

–dijo él, mirando un instante hacia el escolta de Tariq–. Varias.

–¿Qué? –ella miró al hombre que estaba rebuscando en un arbusto con un palo–. ¡No me siento atraída por él! Ni por ninguno de los hombres.

–¿Solo por mí? –la retó antes de asentir con satisfacción–. Bien.

–¡No, no está bien! –exclamó ella, lo bastante alto como para que los niños se volvieran a mirarlos.

Fern se cruzó de brazos, molesta consigo misma, pero Zafir la disculpó enseguida.

–La señorita Davenport se ha enfadado porque he dicho que Inglaterra es un país soso. No se da cuenta de que habla con el cariño de un compatriota –se volvió hacia ella y le dijo en voz baja–. Si empiezas a visitar las tiendas de otros hombres, creo que no reaccionaría muy bien.

–Yo no... ¿Qué quieres decir? Que estarías... –no podía decirlo.

–Celoso –sugirió Zafir entre dientes y con una peligrosa sonrisa–. O peor que eso. A mi ego le gusta saber que solo reaccionas ante mí. No es algo civilizado, pero solo hay una parte de mí que es inglesa. La otra parte lleva siglos siendo bárbara. Te deseo, pero si no puedo tenerte, nadie más te tendrá.

Fern sintió que la cabeza le daba vueltas. Estaba sorprendida por su arrogancia, enfadada consigo misma por no ser capaz de disimular la atracción que sentía hacia él y, al mismo tiempo, entusiasmada por su afán de posesividad.

Era muy seductor sentirse deseada por la persona que a ella le interesaba.

Por otro lado...

–Esto es ridículo –murmuró ella–. Nunca me ha...
Soy completamente inglesa. ¿Es así como hablas a todas
las mujeres que conoces? Porque no puedo creer que estés actuando como si esto fuera... Como si fuera algo
que pudiera suceder en realidad. Apenas te conozco.

–Sin embargo, tu manera de mirarme indica que
puedo poseerte. Quiero poseerte –le advirtió, con el
aspecto de un guerrero del desierto que secuestra mujeres para su harén y complace a cada una de ellas.

Una ola de excitación recorrió su cuerpo, desde el
cuello hasta sus senos, pasando después por su abdo-
men y prendiendo una chispa en su entrepierna. Era la
promesa de algo que ella había evitado toda su vida.

–Podrías ayudarme –dijo él–. Decirme que me
equivoco. Rechazarme.

Ella lo miró boquiabierta. Sabía que debería hacerlo, pero él la miraba de forma autoritaria. Aquello
no tenía nada que ver con ser demasiado tímida o no
atreverse a afirmar su postura. Tenía que ver con ser
una persona sincera que por primera vez en su vida se
sentía abrumada por la atracción hacia un hombre.

–Ya te he dicho que los hombres no se fijan en mí.
¿Cómo crees que puedo tener experiencia a la hora de
rechazar a alguno?

Él se contuvo para no blasfemar y se volvió para
reunirse con los niños y mirar las fotos que ya habían
tomado.

Fern lo miró alejarse, sospechando que era más pa-
recida a su madre de lo que nunca habría podido soportar.

Capítulo 3

GRACIAS por quedarte conmigo, Fern. Ha sido un día agradable.

Fern no pudo evitar resoplar al levantar la vista del libro que estaba leyendo en la tableta.

—Apenas hemos hecho nada. Siento que me estoy aprovechado, con este día tan ocioso.

—No seas tonta. El viaje no solo sirve para que Zafir se asegure el apoyo de los nómadas. Son vacaciones —Amineh se incorporó sobre el codo en la esterilla—. Hablando de hombres, me he dado cuenta de que sentías curiosidad. ¿Te habría gustado ir con ellos?

—Nunca he visto cazar con halcones —mintió Fern, confiando en que la excusa fuera lo bastante buena como para disimular la tentación que había mostrado cuando Tariq la invitó a acompañarlo, junto a su padre y a Ra'id. Deseaba estar junto a Zafir en todo momento, pero tras ver la expresión de su rostro, rechazó la invitación y pasó el día notando su ausencia.

—De todos modos parecía un buen momento para que los chicos pasaran el día juntos. Y probablemente lloraría cuando cazaran algo.

Sus palabras provocaron que Bashira se riera desde donde estaba construyendo un castillo de arena con su hermana. Todas tenían el mismo aspecto que cuando

ocasionalmente pasaban alguna tarde junto a la piscina cubierta del palacio. Amineh llevaba su bikini y
Fern su bañador entero.

–La pregunta es, ¿a ti te habría gustado ir con los
hombres? –bromeó Fern–. Llevas pegada a tu marido
desde que hemos llegado –habían pasado cuatro días
y durante el tiempo que Fern se había ocupado de los
niños, los adultos mantenían la distancia. Fern también lo intentaba. Era la única manera de que pudiera
disimular la fascinación que sentía hacia Zafir, aunque
la atracción hacia él era mayor.

–Lo siento, Fern... –dijo Amineh.

–Oh, por favor no te disculpes. Antes me dijiste lo
mucho que echas de menos a tu marido mientras está
de viaje u ocupado con otras cosas. Me alegro de que
hayáis podido compartir tiempo juntos. Es agradable.

–Lo es –convino Amineh–. Maravilloso –añadió
con un susurro y se tumbó de nuevo con una sonrisa.

La alegría que manifestaba hizo que Fern pensara
que Zafir probablemente tuviera razón acerca de lo
que hacía la pareja en sus ratos que no estaban con las
niñas. Fern no pudo evitar preguntarse cómo sería.

Sentía muchísima curiosidad por saber cómo sería
con Zafir. Por la noche deseaba que fuera a visitarla y
le mostrara todo lo que había insinuado que haría con
ella. Durante el día vivía angustiada, tratando de com-
batir su obsesión mientras acumulaba los pequeños
detalles que las niñas le iban dando acerca de él, deseando poder encontrar algo malo de su persona que
aplacara la atracción que sentía por él. Sin embargo,
parecía que él era todo lo que ella admiraba: sincero,
justo e inteligente.

Lo peor de todo era que él había dicho que debido a las consecuencias que tendría, no merecía la pena que tuvieran una aventura amorosa, pero ella solo podía pensar en que no le importaba. Jamás conocería otro hombre como él. Si hicieran el amor probablemente perjudicaría a su futuro, pero estaba dispuesta a correr el riesgo. Sabía que si no lo hacía se arrepentiría.

Una irresponsabilidad.

–Aun así debería haber sido mejor amiga –dijo Amineh–. Sobre todo puesto que tú no me has abandonado por mi hermano, algo que en un momento u otro han hecho todas las mujeres que conozco.

–Me costó resistirme a la invitación de Tariq –murmuró Fern, mirando la tableta para evitar que Amineh viera lo rápido que la abandonaría si Zafir se lo pidiera.

–A Ra'id le gusta que seas reservada. Tenía dudas acerca de traer a una mujer occidental a casa. Temía que hubiera... –miró a las niñas para ver si estaban escuchando, pero vio que discutían acerca de dónde poner la bandera–. Política –sonrió–. No desees ser de otra manera. Nos gustas tal y como eres.

Fern sonrió a Amineh.

–Y por eso eres una amiga maravillosa. Haces que me sienta cómoda siendo quien soy. Gracias.

El cumplido que le hizo Aminneh le sirvió a Fern para contrarrestar las ridículas ilusiones que se había hecho sobre Zafir. Le sirvió para reforzar la idea de que era mejor que mantuviera la distancia y continuara resistiéndose a su atractivo. Su empleo y el respeto de su amiga eran más importantes que tener una aventura con un hombre que no podía ofrecerle un futuro.

«Mi madre estaría muy orgullosa», se dijo Fern.

Una hora más tarde, una voz masculina dijo algo en árabe y las niñas contestaron.

–¡Baba! ¡Has vuelto! ¿Dónde está Tariq?

Fern buscó a Zafir con la mirada, pero solo estaba Ra'id. No oyó la respuesta sobre Tariq, pero oyó que mencionaba la palabra *tío* y vio que las niñas miraban hacia el camino donde estaban los camellos, así que llegó a la conclusión de que Zafir y Tariq se habían quedado atrás.

–Señorita Davenport –Ra'id la saludó antes de sentarse junto a su esposa. La sujetó con una mano por la cintura y la besó de manera apasionada.

Fern se levantó para colocarse el pareo en la cintura y comenzó a recoger sus cosas.

–Oh, Fern, no tienes que marcharte –protestó Amineh.

–Es vuestro momento familiar –dijo Fern tratando de no ponerse nerviosa, a pesar de que sentía cierta envidia y apenas podía hablar–. Y tengo que prepararme la lección de mañana –«porque soy una institutriz solterona que nunca tendrá lo que vosotros tenéis». Se le encogió el corazón al reconocer que deseaba lo que tenía Amineh.

–Has hecho que se avergonzara –Amineh regañó a su marido sin despegar el rostro del de él.

–No he podido evitarlo. Desde que te vi al llegar a lo alto de la meseta solo he podido pensar en bajar para besarte –la besó de nuevo y Amineh contuvo un gemido.

Fern se alejó , tratando de que no se notara que miraba hacia lo alto de las paredes del cañón. ¿Qué habría pensado Zafir al verla desde lo alto? Él no había bajado corriendo a verla, así que, al parecer, no tenía el mismo atractivo que Amineh.

«¡Basta ya!», se amonestó. Por supuesto que no lo tenía. Necesitaba dejar de preocuparse por él. No era saludable.

Se dirigió a su tienda y dejó la bolsa frente a ella. Después, se acercó a un lateral para colgar la toalla mojada en uno de los vientos. Se quitó el pareo de la cintura y sacudió la arena.

–Fern.

«Zafir».

Ella levantó la cabeza y, sobresaltada, se llevó la mano al corazón.

Él rodeó la tienda y, al ver a Fern, se puso tenso. Se fijó en su traje de baño y en el pareo colorido que llevaba en la mano.

Fern lo miró confusa. Por un lado, deseaba cubrirse y, por otro, sentía el deseo de quedarse quieta para que él la observara. Su cuerpo reaccionó bajo la mirada de Zafir y ella se sintió completamente desnuda. Se estaba comportando de manera desvergonzada, permaneciendo allí de pie, recordando las veces que había imaginado que él la poseía.

¿Sabría Zafir cuáles eran sus sueños?

Ella lo miro a los ojos y sintió un fuerte cosquilleo en el estómago. Él lo sabía. La atracción que sentía hacia él era visceral.

Zafir la agarró de los brazos y la guio hasta una pequeña franja de arena que había detrás de la tienda.

Ella apoyó las manos en su torso, sorprendida por el hecho de que él hubiera tomado el control con tanta delicadeza.

Zafir la tumbó sobre la arena y posó la mirada sobre sus labios. Fern se los humedeció y él la besó. Al instante, ella lo besó también. Colocó las manos sobre su torso y comenzó a acariciarlo por encima de la tela de su *thobe*. Zafir introdujo la lengua en su boca, y aumentó la presión contra su rostro. Ella notó que le costaba respirar, pero no le importó.

Zafir llevó la mano a su hombro y le acarició el cuello como para tranquilizarla. Como si estuviera diciéndole que tenían mucho tiempo por delante, que no tenían que besarse como si estuvieran a punto de separarse.

Ella se relajó y él jugueteó sobre su boca, mordisqueándole los labios, succionando, inundándola de placer, consiguiendo que arqueara el cuerpo contra el de él para buscar mayor contacto.

Zafir pronunció un gemido y colocó la rodilla entre las de Fern para separarle las piernas. Ella no pudo evitar abrir los ojos. Él la miró mientras le retiraba el tirante del bañador y dejaba uno de sus senos al descubierto.

«Por favor», pensó ella, y su ávida mirada la hizo sentir guapa y deseada. Sus pezones se pusieron turgentes al anticipar sus caricias. Anhelándolas. Era todo con lo que ella había fantaseado. Y mucho más.

Zafir le acarició la piel y colocó la mano sobre su pecho. Su mano se notaba muy caliente contra su piel fría. Cuando él le pellizcó el pezón con delicadeza ella abrió la boca y contuvo un gemido.

Él se inclinó para capturarle el pezón con los labios. Era como si la hubiera marcado con fuego, haciendo que se estremeciera al pensar en lo arriesgada que era aquella situación. A plena luz de día. Ligeramente escondidos. Era algo con lo que ella había soñado, pero nunca imaginó que pudiera provocarle un nudo de placer en el estómago. Una ola de calor la invadió por dentro y se instaló en su entrepierna, provocando que ella deseara suplicarle.

Fern introdujo los dedos bajo su *gutra*, para acariciarle el cabello.

Zafir le acarició el muslo y colocó la mano entre sus piernas para cubrirle el sexo.

—Zafir —gimió ella mientras olas de placer la inundaban por dentro.

Él la besó de nuevo para acallar sus jadeos.

—Shh —después le mordisqueó la orejaba—. Arquéate contra mi mano. Enséñame lo que te gusta.

Ella no podía hacerlo. Ni siquiera sabía cómo. Sin embargo, colocó la mano sobre la de Zafir y presionó hacia abajo. Al momento, arqueó la espalda y apoyó la cabeza en la arena. Se retorció con abandono bajo sus provocativas caricias, avergonzada por cómo se estaba comportando. No obstante, había deseado aquello y resultaba mucho mejor en la realidad.

Se besaron una y otra vez. Ella notó que Zafir restregaba su cadera con el miembro erecto y comenzó a moverse a su ritmo. Eso era lo que se sentía al hacer el amor. Como si nada en el mundo importara, aparte de continuar haciendo aquello hasta alcanzar el destino final.

Él movió la mano e introdujo los dedos bajo el borde de su bañador para acariciar su piel desnuda.

Ella gimió, giró la cabeza a un lado para interrumpir el beso y lo miro alarmada.

–Estás a punto. Déjame –acercó uno de los dedos a la entrepierna de Fern, provocando que ella perdiera la poca fuerza de voluntad que le quedaba.

Ella le permitió que la acariciara una y otra vez y cerró los ojos para disfrutar de las nuevas sensaciones que experimentaba.

–Oh –gimió.

Notó que él sonreía contra su boca, pero se concentró únicamente en las delicadas caricias que le hacía con los dedos y que estaban a punto de hacerle perder la razón.

–Oh, Zafir... –él le cubrió la boca con la suya e introdujo el dedo en su cuerpo provocando que el mundo se resquebrajara a su alrededor.

Ella se agarró a él y comenzó a convulsionar, trasladándose a un mundo donde nada existía excepto él, sus caricias y sus besos...

Las sensaciones continuaron unos instantes y fueron desvaneciéndose poco a poco. Fern se sentía más unida a él de lo que nunca se había sentido con otro ser humano.

–¿Señorita Davenport? ¿Está usted ahí?

«Tariq».

Fern y Zafir se separaron y ella se recolocó el bañador. ¿Qué había hecho?

Zafir la ayudó a levantarse y le dijo que contestara, únicamente moviendo los labios.

–Um, sí, estoy aquí, Tariq –agarró el pareo del suelo y se cubrió, tratando de no tropezarse con los vientos de la tienda al mirar atrás, para ver si Zafir no estaba visible–. ¿Necesitas algo?

–¿Mi padre ha venido a verla?

–Um... –era incapaz de mentir aunque fuera necesario.

–¿La ha invitado a cenar con nosotros esta noche? –preguntó Tariq.

–¡Ah! ¿Habéis tenido éxito con la caza?

–Solo tres pájaros, pero es suficiente. ¿Viene a bañarse? Acompáñeme y se lo cuento todo.

–Ya me he bañado. Ahora tengo que descansar un poco –recuperarse. No podía creer lo que acababa de pasar.

–Debería refrescarse en el agua fría –sugirió él–. Parece acalorada.

Ella se sonrojó aún más al pensar en el motivo.

–Buen consejo –contestó–. Pensaré en ello y me reuniré contigo dentro de un momento.

Cuando Tariq se marchó, Fern permaneció allí, desconcertada. Todavía tenía la sangre alterada y su piel parecía de terciopelo. Apenas podía sostenerse en pie, pero estaba paralizada por la vergüenza y no se atrevía a moverse.

Miró alrededor del campamento y no vio a nadie que pudiera haber visto lo que habían hecho. ¿Zafir estaría allí todavía?

Se metió en la tienda y se acercó a la pared del fondo para susurrar:

–¿Todavía estás ahí?

Nada. Cuando miró por la pequeña ventana no vio a nadie. Sintió una mezcla de alivio y decepción. Salió de nuevo, echó arena sobre el lugar donde habían estado tumbados y borró la huella.

Comenzó a darse cuenta del impacto de lo que había hecho con Zafir. Antes habían compartido un beso y una conversación. Después...

No podía permitirse saborear las sensaciones que había experimentado. Él le había acariciado zonas del cuerpo que si hubiese sido ella la que se las hubiera acariciado se habría sentido culpable.

Estaba adentrándose en el territorio peligroso del que su madre siempre le había advertido. Un comportamiento peligroso y sin futuro. Podría ocultar las pruebas, pero no podría negar que apenas llevaba ropa y que se había desinhibido casi por completo. Él la había llevado hasta un punto de máxima vulnerabilidad e indefensión y ella no se había resistido porque no había deseado hacerlo.

Su madre tenía calificativos para las mujeres que actuaban de esa manera. Fern se moría de humillación al pensar en que Zafir pudiera etiquetarla de la misma manera.

¿Cómo podría enfrentarse de nuevo a él?

Zafir sufría como un hombre atrapado en un hormiguero del desierto. No podía liberarse de la situación en la que se encontraba y tampoco podía evitar sentirse arrepentido puesto que todo aquello era culpa suya. Debería haber dejado a Fern tranquila.

A pesar de que estaba pendiente de cada uno de los movimientos que Fern hacía dentro del campamento, él había conseguido controlarse. Incluso a pesar de que a veces oía la voz de Fern y se sentía fuertemente atraído por ella, conseguía ignorarla.

No tenía sentido. Apenas la conocía y estaba haciendo esfuerzos para permanecer separado de ella, pero no había dejado de pensar en ella durante la cacería. Había deseado que ella conociera aquel desierto, esa manera de cazar y que, de ese modo, pasara a formar parte de su mundo.

¿Por qué?

Aparte de con su esposa, él nunca había estado comprometido con una mujer...

Evitó pensar en su matrimonio como hacía siempre, y comparó a Fern con algunas de sus aventuras amorosas más duraderas y placenteras. Mujeres guapas y sensuales que se estremecían bajo sus caricias. Sin embargo, nunca le había preocupado demasiado que esas aventuras terminaran y, si resultaba que la mujer que le interesaba estaba casada o no disponible, rápidamente cambiaba de objetivo.

Entonces, ¿por qué no podía descartar a Fern? ¿Sería porque no tenía otras opciones disponibles, tal y como ella le había dicho?

Su matrimonio había durado casi cinco años y él había sobrevivido sin sexo todo ese tiempo. Debería poder resistir estar quince días sin acostarse con una mujer.

Sin embargo, lo que le pasaba con Fern era algo sin precedentes. De regreso hacia el oasis, se habían detenido para mirar hacia el campamento y Tariq había dicho que la señorita Davenport parecía un esqueleto sobre la arena. Ra'id se había reído y Zafir había tenido que contenerse para no hacer un comentario cortante y se limitó a recordarle a su hijo que debía ser más respetuoso.

Sí, ella era delgada y tenía la piel pálida, pero parecía una figura de marfil. Su cabello era como una cascada de oro rojizo y caía en forma de trenza sobre su espalda. Durante el resto del descenso solo había podido pensar en enrollarse aquella trenza en la mano y sujetarla para poder besarla de manear apasionada.

Con intención de poder controlar su libido antes de verla, Zafir se quedó con Tariq para mirar cómo preparaba los pájaros que habían cazado.

–Yo ya lo sé hacer – había dicho Tariq al cabo de unos minutos, como si estuviera molesto porque su padre lo controlara.

En lugar de ofenderse, Zafir aceptó que se estaba comportando como un cobarde y se marchó para invitar a Fern a cenar tal y como quería su hijo.

En lugar de llamarla y hablar con ella delante de todo el mundo, la siguió por el campamento, observando cómo se contoneaban sus caderas bajo la fina tela de su pareo. La manera en que ella observaba sus alrededores indicaba que el lugar le resultaba agradable.

Él no había podido evitar pensar en cómo reaccionaría Fern ante otros placeres físicos. Cuando por fin la alcanzó cerca de la tienda, donde podría hablar con ella en privado, estaba tan preparado para su encuentro con ella que al verla semidesnuda no pudo evitar perder el poco autocontrol que le quedaba. Ni siquiera había hablado con ella. Era un misterio cómo había podido apartarla de la vista de otros antes de abalanzarse sobre ella.

Y al ver que Fern respondía ante su beso y lo besaba también, estuvo a punto de volverse loco. Después de comprobar que ella se había derretido bajo sus caricias y que se había abandonado ante su voluntad, no podía pensar en otra cosa aparte de en volver a acariciarla. En excitarla hasta un punto salvaje y penetrarla. En conseguir que gimiera de placer.

Algo imposible.

Sobre todo mientras estaba sentada frente a él, relamiéndose los labios entre cada bocado. Los niños buscaban su atención. Incluso Amineh estaba decidida a darle conversación.

Él hizo todo lo posible para evitar mirarla, pero se fijó en que Fern se había vestido como si llevara puesta una armadura de algodón y en que se sentía inquieta. Llevaba el cabello oculto bajo un pañuelo, se pasaba el rato recolocándose el cuello de la blusa y tirando de la falda para cubrir sus espinillas.

Su amigo Ra'id podía acariciar la mejilla de su esposa, pero Zafir no podía estirar el brazo para meter un mechón de pelo de Fern bajo el pañuelo que llevaba. Aquella injusticia hacía que se sintiera frustrado.

–Este viaje estás de muy mal humor –le dijo su hermana dándole un codazo–. ¿Qué te preocupa?

Ra'id cubrió la mano de su esposa y murmuró.

–Los hombres con un cargo como el nuestro no siempre pueden hablar de lo que les preocupa.

Amineh miró a Fern, y Fern fue lo bastante lista como para percatarse de que acababan de considerarla una extraña. Durante un segundo, apretó los labios, pero enseguida esbozó una sonrisa para Tariq.

–Debo darte las gracias otra vez, jovencito. Esto ha sido un gran regalo. Tanto la deliciosa cena como poder cenar con tu familia. Aunque, si te soy sincera, me siento un poco abrumada en una mesa tan animada.

Siempre he estado sola con mi madre y, a menudo, ella trabajaba hasta tarde así que me acostumbré a comer sola.

«No me ofenderé si no me invitas otra vez. De hecho, lo preferiría», parecía querer decir con su comentario.

Zafir sintió que se le encogía una pizca el corazón. Ra'id no era un esnob, sino un hombre realista. El lugar de Fern en aquella casa estaba bien definido y todos ellos debían recordarlo.

Fern comenzó a excusarse para retirarse, pero Tariq le preguntó directamente.

–¿Dónde está su padre? ¿Falleció?

–No, um... Quiero decir... –tragó saliva.

–Los padres no siempre viven juntos –comentó Amineh mirando a Fern.

Fern estaba mirando a Ra'id, avergonzada como si lo considerara capaz de echarla de allí por atreverse a decir que era hija ilegítima delante de sus hijas. Evidentemente, ella se había olvidado de que la madre y el tío de las niñas eran hijos bastardos.

–¿Igual que la abuela se quedó en Inglaterra en lugar de venir a vivir aquí? –preguntó Bashira.

–Exacto –dijo Amineh, colocando la mano sobre la cabeza de su hija mientras miraba a Zafir con cierto sufrimiento.

No solían hablar a menudo de que ambos eran el producto de una aventura amorosa, y ninguno de ellos había encontrado la mejor manera de profundizar en el tema con sus hijos. Además, era una marca que ambos llevaban sobre sus hombros. En esos años ya no debería importar, pero todavía había un sector de su país que enfrentaba a él por ser ilegítimo y porque solo la mitad de su sangre era nacional.

Y allí estaba Fern, y su mirada indicaba que compartía su misma agonía por haber nacido en esa situación.

«Estás en buena compañía», le hubiera gustado decir a Zafir, pero ella se disponía a marcharse con una sonrisa.

—Gracias otra vez. Ojala pudiera ofrecerme para prepararte una comida típica de Inglaterra, Tariq, pero estoy segura de que con tu abuela ya las has probado todas.

—Ella no permite que el cocinero prepare *fish and chips*, mi preferida. A veces, Baba y yo nos escapamos para comerla por ahí.

—Los secretos de Estado siempre acaban conociéndose —murmuró Fern y se levantó del cojín.

—No, no se vaya —le pidió Jumanah.

—Escucha, oigo que empieza la música —Fern se colocó la mano en la oreja y señaló hacia la zona de cocina—. Eso significa que pronto llegará vuestra hora de acostarse, pero si vuestros padres lo permiten, podéis venir a mi tienda para ver si identificamos algunas de las constelaciones que aparecen en la guía de mi tableta, antes de que se agote la batería.

—¿Podemos, Baba? Por favor... —suplicaron las niñas.

Tariq miró a Zafir emocionado.

—Por supuesto —contestó Zafir—. Tengo una unidad de viaje con varias baterías. Puedes utilizarla en tu tableta durante nuestra estancia aquí.

—Si no es una molestia —dijo Fern, mirándolo un

instante. Era la primera vez que sus miradas se encontraban aquella noche y Zafir notó que una ola de calor lo invadía por dentro.

—Iré a buscarla —dijo Tariq.

Fern se relajó nada más dirigirse hacia la tienda con los niños.

—Bueno, ha sido de lo más incómodo —dijo Ra'id en árabe.

—¡No empieces! —protestó Amineh, apoyándose en su marido.

Él la abrazó y dijo:

—Sé sincera, ¿has visto alguna vez a alguien que se sintiera tan incómodo durante dos horas? Ha sido terrible. ¿No crees, Zafir?

—¡No te das cuenta de lo intimidante que resultas! Y Zafir también. Y ella no es muy habladora. Por eso me cae bien. No se dedica a cotillear, habla de cosas de verdad.

—¿Como por ejemplo? —preguntó Zafir, tratando de mantener su tono casual, mientras mentalmente reprendía a su hijo por robarle la única excusa que tenía para ir a buscarla.

—Sobre todo de las niñas y de su progreso, pero también quiere aprender sobre nuestra cultura. Ambas estamos de acuerdo en que el mundo sería un lugar mucho mejor si gobernaran las mujeres —se burló de su marido con una sonrisa.

—Eso no hace falta decirlo —dijo Ra'id.

—Entonces, ¿no os sentís unidas por que vuestros padres no estuvieran casados? —dijo Zafir.

—Está bien, eso ha sido incómodo —reconoció Amineh—. Y no. Deduzco que su madre era un caso difícil, pero ella no habla sobre ello ni trata de husmear. Es muy formal.

—En eso estoy de acuerdo —dijo Ra'id—. Tengo un montón de cuentos esperando mi aprobación antes de que ella se los lea a los niños. ¿Cómo de peligroso puede ser un mensaje político que esté oculto en un cuento en el que se le da las buenas noches a la luna? Cuando comenzó a trabajar me preguntó qué parte del currículum debía dedicar a la historia británica, y yo le sugerí que un veinticinco por ciento, ya que las niñas tienen un cuarto de sangre inglesa.

Zafir no quería reírse de ella, pero no pudo evitar esbozar una sonrisa al pensar en la contradicción que había entre la profesora recatada y la mujer que aquella tarde se había saltado todas las normas con él.

—Basta —insistió Amineh—. O le diré a Fern que quieres corregir todos los trabajos escritos de las niñas.

Cuando empezaron a besuquearse Zafir se puso en pie y se dirigió a su tienda. Allí descubrió que Tariq había recogido las baterías, pero que se había dejado todos los cables.

Su cabeza le dijo: *no*. Agarró la bolsa de adaptadores y la sostuvo en la mano unos instantes. Consiguió resistirse hasta que Tariq fue a darle las buenas noches. El niño estaba cada vez más independiente e insistía en que podía cepillarse los dientes y meterse en la cama solo. En cuanto se marchó, Zafir salió de la tienda.

Ra'id estaba llevando a sus hijas hasta la tienda de los niños como si fueran sacos de patatas, y ambas se reían bajos sus brazos.

Fern estaba de pie junto a su tienda, con la tableta en la mano y mirando al cielo.

Mientras Zafir trataba de encontrar alguna excusa para acercarse a ella, como preguntarle si podía ayudarla a encontrar alguna constelación concreta, Fern se volvió sin decir nada a nadie y se dirigió por el camino por el que él la había guiado con los niños unos días antes.

Capítulo 4

FERN se percató de su presencia sin verlo u oírlo. Al instante, todo su cuerpo se puso alerta. Continuó caminando y su corazón estaba cada vez más acelerado, pero no tenía miedo. Él no le haría daño.

No obstante, se detuvo en seco cuando él le preguntó.

–¿Dónde diablos vas?

Ella apretó la tableta contra su pecho a modo de escudo y se volvió hacia él. Todavía estaban bajo las palmeras cerca del arroyo, así que no había suficiente luz como para ver la expresión de su rostro, pero era evidente que sería de desaprobación.

–A la meseta –contestó ella, tratando de emplear un tono normal–. Desde el campamento no podíamos ver mucho. Quería ver si merecía la pena pedir permiso para llevar a los niños allí mañana por la noche para ver las estrellas.

–No tienes permiso para salir del campamento sin escolta.

–Se supone que no puedo sacar a los niños del campamento. Nadie me dijo que yo no pudiera salir.

–Te estoy diciendo que no puedes salir. Podrías caerte o podría picarte un animal, sobre todo en la oscuridad.

–¿Hablas en serio?

–Por supuesto.

Fern había leído muchas historias acerca de turistas que se metían en situaciones delicadas y no le apetecía convertirse en una de ellas, peor sus órdenes le parecían ridículas. Parecía que la estuviera tratando como a una niña.

—Muy bien. ¿Me llevas tú?

Respondió con un silencio.

—Quería decir...

—Sé lo que quieres decir —dijo él con impaciencia.

Cuando se acercó a ella, Fern se echó a un lado para dejar que guiara el camino.

Él se detuvo frente a ella y la agarró de los brazos.

—Sal del camino conmigo.

—Zafir —susurró ella, invadida por el deseo. Se recordó que no tenía futuro con él, pero no le sirvió de nada. Aunque únicamente compartieran besos y caricias, era más de lo que nunca había imaginado que tendría.

Además, conocía bien las graves consecuencias a las que se enfrentaría si se iba con él.

—No tengo nada y no me estoy tomando la píldora —dijo arriesgándose a quedar como una idiota.

—No voy a hacerte el amor —le aseguró él—. Tu virginidad es para el hombre que se convierta en tu esposo. Yo solo quiero abrazarte, besarte y acariciarte como esta tarde. Te gustó, ¿verdad? ¿Estuvo bien?

Hablaba como si realmente quisiera saberlo. ¿No lo sabía? ¡Se había estremecido con sus caricias!

Al notar su cálida respiración sobre el cabello Fern tuvo que contenerse para no gemir.

—Eres tan dulce como la miel, Fern —Zafir la estrechó contra su cuerpo para que pudiera sentir su erección a través de la ropa.

Fern retiró la tableta y la dejó caer sobre la arena. Zafir la guio hasta un lugar donde pudieran encontrar más privacidad.

—Esto que hacemos es malo, Zafir. Tú lo dijiste —le recordó ella.

Zafir apoyó la espalda en una palmera y separó las piernas para acoger a Fern. Ella estaba consumiéndose por dentro, pero se acurrucó contra él y lo rodeó por el cuello como si su cuerpo supiera lo que estaba haciendo a pesar de que ella no tenía ni idea. Ladeó la cabeza y permitió que él se la colocara para poder besarla.

Se besaron como si fueran amantes y llevaran mucho tiempo separados. Quizá él la estuviera utilizando, pero sus manos hacían magia sobre su cuerpo. Su boca era divina. La prueba de que sentía deseo hacia ella era algo misterioso y esperanzador y ella no podía evitar presionar su cuerpo contra el de él.

Cuando él le sacó la blusa de la falda y le acarició la espalda, ella contuvo un gemido y trató de acariciarle la piel, pero no consiguió acceder a ella. La tela de su túnica estaba atrapada entre sus cuerpos.

Zafir le desabrochó el sujetador y le acarició los pechos, provocando que los pezones se le pusieran turgentes. Ella apretó las caderas contra su cuerpo, deseando que volviera a capturárselos con la boca.

—Zafir... Yo también quiero acariciarte.

Él masculló algo contra su boca y la separó una pizca de su cuerpo para poder retirar la túnica. Cuando ella metió la mano bajo la tela y notó la piel caliente de su cintura, necesitó más. Recorrió la fina capa de vello masculino y cuando se percató de qué era lo que acababa de rozar con la muñeca, le dijo.

–Estás desnudo.

–Así es –él le desabrochó el botón de arriba de la blusa y continuó con el siguiente.

–Puedo...

–Sí.

Fern deslizó la mano bajo la tela y comenzó a explorar, muerta de curiosidad.

Era impresionante. Su miembro era como acero bajo una fina capa de terciopelo, y él se estremeció al recibir sus caricias. Ella no podía imaginar cómo podían acoplarse un hombre y una mujer, después de sujetar su miembro en su mano.

–¿Lo estoy haciendo bien? –preguntó ella con un susurro.

–Más fuerte –murmuró él contra sus labios, acariciándole los senos bajo el sujetador y jugueteando con sus pezones.

A ella le encantaba la sensación que sus caricias le provocaban en su entrepierna. Y sentir su masculinidad en la palma de la mano. Oír su respiración agitada y notar cómo se excitaba con sus caricias. Si ella conseguía darle lo que él le había dado aquella tarde, sería feliz.

De pronto, él se retiró y ella lo miró para preguntarle:

–¿Qué ocurre? –susurró.

–Nada –contestó él–. Continúa. Me gusta.

Él le levantó la falda mientras hablaba. Se encorvó una pizca para agarrarle una pierna y colocársela sobre su muslo.

–¿Qué...? –ella se desequilibró y, al apretarle el miembro con fuerza él se quejó–. ¡Lo siento! Soy muy mala en esto.

–No, no lo eres, Fern –se rio contra su boca mientras la acariciaba por encima de la ropa interior.

Ella se retiró un poco antes de que él pudiera besarla.

–¿Qué estás haciendo?

–Haremos esto juntos –metió la mano bajo su ropa interior y le acarició el sexo.

Fern notó que una ola de calor la invadía por dentro.

–Todo esto ha de ser muy malo. Tiene que serlo –murmuró ella. Sin embargo, le parecía maravilloso.

–¿Quieres parar? –la besó en el cuello.

–No –admitió ella, presionando la mano de Zafir para que la acariciara con más intensidad.

–Yo tampoco.

Fern despertó y notó la agradable sensación de tener el miembro de Zafir entre las piernas y recordó cómo había alcanzado el clímax. Más tarde, mientras permanecían abrazados, él susurró.

–Creo que será mejor que no lleguemos hasta el final. No lo soportaremos.

Ella sonrió sobre la almohada al volver a pensar en ello. La manera en que él la había besado después de que ambos se hubieran recuperado, había sido muy alentadora.

–No es malo, Fern –le había prometido él–. Simplemente no es inteligente –admitió con un susurro–, pero lo que estamos haciendo no es pecado. No permitiré que llegue muy lejos. No perderás tu trabajo ni te quedarás embarazada. Seré discreto.

—¿Quieres decir que te gustaría volver a hacer esto?
—¿Tú no?
—Yo sí –dijo ella, masajeándole los músculos de la espalda. Siempre había soñado con tener una aventura amorosa así. No podía imaginar la posibilidad de arrepentirse, sobre todo si a largo plazo no tendría consecuencias.

La palabra *largo plazo* provocó que se mordiera el labio inferior para calmar su resquemor.

Zafir y Amineh tenían una buena relación, pero como la de dos hermanos adultos que vivían en países separados. Mantenían el contacto, pero no pasaban mucho tiempo juntos.

Esa aventura, si es que se podía llamar tal cosa, sería muy corta. Fern no tenía ningún futuro con Zafir, y ella lo sabía. Sin embargo, no podía desaprovechar la oportunidad de estar con él, y no solo porque quisiera aprender cosas acerca del sexo. También le gustaba sentirse deseada y apreciada, pero sobre todo, deseaba conocer mejor a Zafir.

Así que no se preocuparía por el futuro. Fern se levantó de la cama, preguntándose cuándo y cómo él conseguiría reunirse de nuevo con ella.

De pronto, se percató de que los camellos hacían mucho ruido y de que se oían las voces de hombres hablando en árabe.

Se asomó por la puerta de la tienda y descubrió que los estaban invadiendo.

Al padre de Zafir le había encantado todo lo relacionado con occidente, hasta el punto que había tratado de inculcar sus ideas demasiado deprisa a una cultura que todavía estaba tratando de adaptarse al siglo XX y nada preparada para recibir al XXI. El padre de Ra'id había sido más conservador, y por tanto le había legado a Ra'id una serie de problemas diferentes. Sin embargo, lo que estaba claro era que tanto Zafir como Ra'id necesitaban el apoyo de los clanes beduinos que transitaban por sus tierras.

Ra'id y él habían ido al oasis para encontrarse con el líder de aquella tribu y fortalecer su alianza con él. Era posible que la tribu se quedara allí una semana entera, pero Zafir deseaba que se marcharan cuanto antes.

Fern lo estaba esperando. Fern, con sus tímidas caricias, su voluntad de complacer y su abandono ante la pasión. Se estaban comportando como adolescentes en la parte trasera de un coche y resultaba ser una de las experiencias más emocionantes de su vida.

Sin embargo, no le quedó más remedio que ignorarla al verla pasar con sus sobrinas. Iba vestida con su *abaya,* llevaba el cabello oculto bajo un pañuelo negro y se había puesto un velo para cubrirse la cara de modo que solo se le veía el puente de la nariz y sus ojos grises.

Al verlo, ella bajó la vista y, aunque él solo podía ver una parte de su rostro, estaba seguro de que se había sonrojado.

Porque estaba recordando lo que había hecho.

Los recuerdos provocaron que él también se inquietara y el deseo lo invadiera de nuevo, pero mientras los nómadas estuvieran en el oasis ni siquiera podrían mantener una conversación. Los sirvientes y los guardas harían la vista gorda si él fuera a verla, pero Zafir no podía permitirse dañar su reputación puesto que aquellas personas ya desconfiaban de él por culpa de las atrevidas medidas de su padre.

Así que él se dedicó a mantener la distancia mientras hablaba de dónde se podían encontrar tierras adecuadas y trasnochaba al ritmo de la música y de la danza del sable. Cuando le preguntaban, decía que sí, que estaba considerando volver a casarse y que buscaría a su esposa dentro de las fronteras de su país.

La idea le daba pavor. Se sentía molesto con su padre por haber buscado su propio placer a costa de su país y de su familia. Incluso la mujer que su padre decía haber amado con locura, la madre de Zafir, había sufrido gracias al egoísmo que mostraba su padre a la hora de satisfacer su propia felicidad. Zafir se negaba a cometer el mismo delito. Su matrimonio había sido difícil, pero de esa unión había nacido Tariq y como resultado el país había conseguido más estabilidad. El sacrificio había merecido la pena. Volvería a hacerlo.

Aunque después de que se marchara del oasis.

«Porque disfrute de mi aventura con Fern no me convierto en alguien como mi padre», pensó mientras se cubría los ojos con un brazo tratando de no levantarse de la cama e ir a buscarla. Un pequeño devaneo con una mujer inglesa durante unas vacaciones no era lo mismo que condenar a dos niños a una vida llena de conflictos de identidad.

Y no era que a él le siguiera generando conflicto. Era un hombre del desierto y hacía todo lo posible por demostrarlo, al día siguiente iría a cazar con los hombres y, al siguiente, jugaría un tipo de polo sobre camellos. Si anhelaba saborear de nuevo el dulzor con sabor a fresa que recordaba, nadie, y menos la fruta prohibida en cuestión, lo sabía.

Hasta el día siguiente, cuando ella lo sorprendió corriendo hacia él a través del campamento.

—¡Zafir!

Su acompañante, el jeque de la tribu beduina, se detuvo a su lado y lo miró de manera acusatoria. ¿Quién era esa chica que se comportaba con tanta familiaridad?

Zafir se enojó. Tenía la sensación de que sus deseos más íntimos habían sido expuestos sobre la arena. Como si ella estuviera gritando *es inglés, es mío,* justo cuando lo que él más necesitaba era que lo vieran como un árabe independiente.

Y debido a que se había sentido expuesto y se sentía avergonzado por su debilidad, él hizo que ella se detuviera con una sola mirada.

Fern se detuvo de golpe y los miró con cautela.

—Quería decir *abu* Tariq —dijo ella, dirigiéndose a él de manera más formal.

—Ahora no —dijo Zafir, y se volvió para guiar a su amigo hacia otro lado, aparentando que ella no significaba nada para él.

—No puede esperar —insistió ella, poniéndose delante.

Él le mostró su rabia, y que no estaba dispuesto a hacerle caso por mucho que suplicara.

Ella lo miró fijamente y dijo:

—Hay una niña enferma. Su madre no la toma en serio y no consigo encontrar a tu hermana. Solo tengo a Bashira como intérprete.

El hombre que estaba junto a Zafir quería saber lo que ella decía. Zafir se lo tradujo y su amigo le dijo que permitiera que fuera la madre de la niña la que decidiera. Dio un paso adelante como para ignorar a Fern y gesticuló con la mano para que se marchara.

Ella dio un paso atrás y miró al hombre fijamente:

—No haría esto si no estuviera preocupada... Su madre no quiere hablar de ello porque... Bueno, la niña tiene como trece años y la madre cree que ha llegado su hora. Yo creo que es apendicitis.

—¿Su hora? —de pronto, Zafir lo comprendió—. Es probable que sea así —contestó.

—Yo he pasado por ambas cosas y te aseguro que la pubertad no produce fiebre —contestó ella—. No puedes ignorar esto. Al menos, yo no puedo. Ven a verlo por ti mismo.

Su tono imperativo hizo que el otro jeque resoplara con impaciencia.

Fern parecía preparada para recibir una bofetada. Permaneció en su sitio y miró a Zafir con miedo, pero suplicándole que hiciera lo que le pedía.

Si resultaba que estaba equivocada, las consecuencias serían terribles.

Cuando Zafir aceptó y la siguió hasta donde estaba la niña, la madre se quedó horrorizada porque Fern hubiera llamado la atención de los hombres y, sobre todo, los de alto rango. Intentó decirles que se fueran, regañando a Fern en árabe. Todas las mujeres que estaban en la tienda las miraban, incluidas las sobrinas de Zafir. La niña estaba tan avergonzada que comenzó a moverse hacia la parte trasera de la tienda.

El jeque beduino presionó a Zafir para que se marchara, diciéndole que permitiera que las mujeres se ocuparan del tema.

Fern tiró de la manga de Zafir al ver que la niña apenas podía caminar.

–Eso no es normal –insistió–. Tienes que conseguir que hagan algo.

–¿Tú has tenido apendicitis? Cuéntame los síntomas –se agachó para hablar con la madre y la niña y levantó la mano para acallar las palabras de su acompañante mientras traducía lo que Fern decía.

La niña comenzó a llorar y su madre la abrazó. Ambas negaban que fuera tan grave. Él lo comprendía. ¿Quién iba a querer admitir que necesitaba cirugía cuando el hospital más cercano estaba a dos días en camello?

Zafir llamó a uno de los guardas que estaba formado en medicina. El guarda no estaba autorizado para examinar a la niña físicamente, pero confirmó que el diagnóstico podía ser correcto. Buscaron al padre de la niña y un helicóptero trasladó a toda la familia al hospital.

Fern se encerró en su tienda, y Zafir sintió cargo de conciencia por ello, pero si había enviado a una niña al hospital porque tenía dolores menstruales, su imagen iba a estar más perjudicada que la de su padre. Su intento de ocultar que mantenía una relación personal con Fern sería en vano. Lo considerarían un hombre débil, que se había dejado llevar por el amor igual que su padre, minando su capacidad para gobernar el país.

Mientras esperaban a recibir noticias por la radio, en el campamento se respiraba un ambiente de tensión. Amineh y Ra'id regresaron después de haber estado en el desierto con otro grupo, preocupados después de haber visto pasar el helicóptero. Zafir les contó lo que había pasado y Ra'id salió en defensa de

Fern, asegurándoles a los beduinos que ella no era una persona a la que le gustara exagerar.

Zafir no podía haber hablado a su favor. Habría resultado sospechoso y, además, no la conocía tan bien como para saber si era culta y se podía confiar en ella.

Únicamente sabía que no debería haberla tocado.

–Fern –la voz de Amineh la despertó al amanecer–. ¿Estas despierta?

–Sí –se sentó en la tienda y observó cómo se abría la cremallera de la puerta.

Amineh asomó la cabeza.

–Tenías razón. Era apendicitis. La operaron anoche y se recuperará. ¿Puedes vestirte y salir? Su tío quiere darte las gracias.

Aliviada, Fern respiró hondo y suspiró. Apenas había dormido, debido a la preocupación.

Y porque se sentía dolida.

Zafir la había tratado con desprecio, como si ella no supiera cuál era su lugar. Había dejado bien claro lo mucho que valoraba sus opiniones. Su madre tenía razón. Lo hombres no respetaban a las mujeres fáciles.

Minutos después, tras asegurarse de que se había cubierto todo el cuerpo excepto los ojos, se acercó al grupo de hombres que la esperaba cerca del fuego donde cocinaban los nómadas.

Vio a Zafir de reojo. Tuvo la sensación de que él la miraba, pero no se volvió para comprobarlo.

El líder de la tribu, el hombre que había intentado convencer a Zafir de que no la escuchara, se llevó la mano al pecho, cerró los ojos e inclinó la cabeza. Fern

dijo que se sentía aliviada porque la niña fuera a sobrevivir y Amineh tradujo sus palabras. Los nómadas
estuvieron empaquetando durante una hora y se marcharon antes de la hora de comer.

El resto del día fue tranquilo, y ni siquiera los niños
hablaron demasiado. Los hombres fueron a la playa a
jugar al fútbol con Tariq y Jumanah mientras Bashira
se quedó con Fern para enseñarle la ropa que le había
hecho a su muñeca con la ayuda de una de las mujeres
beduinas. Amineh se sentó con ellas y suspiró.

–Ya podemos relajarnos.

–Sé sincera –dijo Fern mientras Bashira corrió a
buscar otro vestido que se había olvidado en la tienda–.
¿He provocado un desastre político?

–Lo habría sido si te hubieses equivocado, pero no
lo has hecho. Zafir ha de tener cuidado para que no
crean que se comporta como nuestro padre, y nuestro
padre estaba muy decidido no solo a modernizar el país,
sino a occidentalizarlo. Intentó que las tribus adquirie-
ran derechos sobre las tierras y que las cultivaran. Las
tribus están perdiendo a los hombres que se van a las
ciudades a trabajar. Su forma de vida ya es bastante
dura sin que el gobierno se la deteriore aún más. Por
eso quedamos con ellos aquí. Los beduinos viajan mucho y hablan con gente muy diferente, su opinión puede
ser lo que marque la diferencia entre que Zafir reciba
apoyo generalizado o que se opongan a él.

–Y yo he estado a punto de estropearlo todo.

–Has hecho lo correcto. Y lo sabes. De hecho, Zafir me ha dicho que gracias a ello te has ganado una
propuesta de matrimonio –chocó su hombro contra el
de ella.

–¿Qué? –¿Zafir le había contado a Amineh lo que había entre ellos? Y quería...

–Del primo de la chica que has salvado –continuó Amineh con una amplia sonrisa–. Supongo que el joven oyó que estás aprendiendo a tejer y que los niños se llevan bien contigo. Le intrigó que fueras pelirroja. Y ya te han quitado el apéndice, así que nunca tendrá ese problema... –terminó de hablar entre risas.

Horrorizada de ver que se había equivocado por completo, miró al suelo y se sonrojó.

Amineh comenzó a reírse a carcajadas y se dirigió a los hombres que estaban en la playa.

–¡Os dije que se pondría roja como un tomate!

Fern intentó actuar como si le pareciera divertido, pero en realidad estaba sufriendo por saber que ella deseaba tener algo más con Zafir, mientras que Amineh acaba de demostrarle que no tenía sentido. Zafir le había dicho que las consecuencias no merecían la pena y, desde luego, después de lo que había sucedido el día anterior, seguro que había confirmado su idea.

Tratando de convencerse de que era lo mejor, de que si continuaban más allá solo conseguiría que se le partiera el corazón, mantuvo las distancias y cenó sola. Cuando estaba profundamente dormida, despertó con una mano cubriéndole la boca.

Capítulo 5

SOY yo. No grites.

Fern notó su cálida respiración sobre la mejilla. Trató de levantarse, pero él estaba medio sentado en su cama, sobre la sábana. Ella ni siquiera pudo retorcerse cuando él se colocó sobre ella.

–Shh. No hagas ruido. Solo quiero hablar.

Ella trató de quedarse quieta, tratando de ignorar la manera en que había reaccionado su cuerpo. Los pezones se le habían puesto turgentes y el deseo se concentraba en su entrepierna, anticipando sus caricias.

Y la indefensión que sentía ante esa reacción, provocó que los ojos se le llenaran de lágrimas. Volvió la cabeza hacia un lado para retirar la mano de Zafir de su boca.

Él le acarició la mejilla.

–Sé que he sido muy duro contigo. Lo nuestro...

–No es nada. Lo sé –dijo ella, antes de que lo dijera él–. Soy débil, no estúpida. No trataba de reclamar mi derecho hacia ti. No daba por hecho que fuéramos amigos ni nada. Ni siquiera nos conocemos.

Zafir dejó de acariciarla y le susurró al oído:

–Sé que estuviste dispuesta a arriesgarlo todo por la vida de una niña que apenas conocías –le acarició el cuello–. Gracias por haberlo hecho. No podía dormir sabiendo que tú pensabas que estaba enfadado contigo por ello.

Fern sabía que debía decir algo. Perdonarlo. Decirle que se fuera. Sin embargo, lo único en lo que podía pensar era en cómo se sentiría si le acariciara los senos.

—Solo he venido por eso —dijo él. Retiró la mano y comenzó a levantarse.

—¿Ah, sí?

Zafir apoyó la mano sobre el vientre de Fern.

—¿Quieres que me quede?

Fern sabía que no debía. Sin embargo, cubrió la mano de Zafir con la suya y se la acercó a los pechos.

—Sé que es malo —susurró.

—Soy yo el que se está portando mal, Fern —le agarró la mano y se la besó—. Tu primer amante debería ser alguien que pudiera ofrecerte algo más de una semana de encuentros clandestinos en la oscuridad. Soy consciente de que me estoy aprovechando de ti.

Al oír sus palabras, sintió que se le partía el corazón. Movió la mano y le acarició los labios, deseando que fueran otras las palabras que habían pronunciado.

—Al parecer, si quiero casarme tengo un candidato —dijo, con una triste sonrisa—. Al principio pensé que tú eras él, que habías venido a raptarme para llevarme al desierto.

—No es divertido —le agarró la mano con fuerza y se acercó para besarla en la boca—. Quise darle un puñetazo cuando preguntó por ti. Ya te dije que si yo no podía tenerte, nadie te tendría.

—Tú puedes tenerme —dijo ella, acariciándole el rostro.

Zafir la besó a un lado de la cara y ella volvió la cabeza para besarlo en la boca. Agarro la tela de su *thobe* y comenzó a retirárselo mientras él se incorporaba para retirar la sábana con la que Fern se tapaba. Entonces, ella hizo lo que nunca imaginó que podía hacer. Se quitó el camisón por encima de la cabeza y lo tiró a un lado. Después se quitó la ropa interior y la dejó en el suelo mientras abría los brazos para estrechar a Zafir.

Él se tumbó sobre ella y se besaron y acariciaron durante largo rato. Fern sabía que no era buena idea abrazarlo con las piernas, pero la sensación de su miembro restregándose contra su sexo era maravillosa. Zafir introdujo la lengua en su boca, diciéndole todo lo que deseaba hacerle, y Fern no pudo evitar pronunciar un gemido.

–Shh, *albi*. Tenemos que guardar silencio –le mordisqueó el cuello y ella se estremeció.

–Lo sé, pero es muy difícil –contestó ella, acariciándole el miembro.

Él blasfemó contra su piel y se deslizó más abajo para capturarle un pezón con la boca y torturarla sin piedad.

–Zafir –protestó ella, levantando la rodilla al sentir un fuerte calor en el centro de su feminidad.

Él deslizó la mano por su muslo y encontró su húmeda entrepierna mientras le mordisqueaba los pezones. Ella arqueó las caderas contra su mano y él introdujo un dedo en su cuerpo para continuar explorándola.

Fern se cubrió la boca con el brazo, para acallar un gemido. Estaba tan excitada que apenas podía soportarlo.

Él la acarició una y otra vez, presionando allí donde ella lo deseaba más. Después, le mordisqueó el otro pecho, provocando que ella suplicara.

—Zafir, por favor —suplicó ella, agarrándolo por el cabello para que se detuviera.

Él le quitó la mano de detrás de su cabeza y le mordisqueó la palma antes de deslizarse más abajo y separarle las piernas. Después, le ofreció lo que ella había anticipado, pero con la legua.

Era demasiado. Fern se colocó la almohada sobre la cara para acallar sus gemidos a medida que el éxtasis se apoderaba de ella. Experimentó algo tan poderoso que los ojos se le humedecieron mientras su cuerpo continuaba temblando.

¿Cómo era posible que aquello fuera pecado?

Cuando él se incorporó y le retiró la almohada, ella pensó: «Sí». Estaba dispuesto a darle lo que deseara. Si la penetraba con su miembro, lo recibiría. Y disfrutaría satisfaciendo el deseo que ambos compartían.

Él le dio la vuelta y le levantó las caderas, acercando su miembro erecto a su entrepierna, sujetándole las rodillas colocando sus piernas a los lados. Metió la mano entre sus cuerpos y presionó su miembro contra la entrepierna de Fern, antes de empezar a moverse.

Ella se agarró a la cama y se quedó quieta, deseando que él estuviera en su interior. Deseaba ofrecerle el mismo placer que él le había proporcionado a ella y...

—¡Oh! —ella exclamó cuando él incrementó la fricción y no pudo evitar arquear la espalda.

—Shh —dijo él, disminuyendo el ritmo de sus movimientos y acariciándole el trasero y los senos—. ¿Estás bien?

–Sí –contestó ella–. No pares –comenzó a moverse al mismo ritmo que él, deseando que aquello fuera real, incapaz de pensar que otra vez estaba casi...

Alcanzaron el orgasmo al mismo tiempo, y fue algo tan intenso que ella apenas podía respirar. Él la tenía sujeta por la cintura y a ella le encantaba sentir su fuerte musculatura contra el cuerpo.

Momentos después, ambos se derrumbaron sobre la esterilla, abrazados.

Fern pestañeó tratando de ver en la oscuridad, sorprendida por lo salvaje que había sido. Zafir le acarició la parte delantera del cuerpo y la abrazó, besándola en el hombro mientras ocultaba la nariz en su cabello.

Ella notó que se le humedecían los ojos.

–Quiero verte. Entera –susurró él.

–¿Por qué? –preguntó ella.

–Porque pienso que tus pecas son muy bonitas.

–No lo son. Parezco un poni con manchas. O eso solía decir mi madre. A ella no le gustaban. ¿Vas a quedarte? –preguntó ella. Por un lado quería cambiar de tema, por otro quería mentalizarse porque sabía que aquello era temporal–. No quiero quedarme dormida.

–¿Puedes poner la alarma de la tableta en modo vibración?

Cuando ella agarró la tableta y la encendió, él inclinó la luz hacia su pecho.

–No –murmuró ella, levantándola para mostrarle la hora que había puesto.

–Así está bien –dijo él–. ¿Y por qué no le gustaban? –le acarició el vientre.

–Probablemente porque las heredé de mi padre.

Quizá porque formaban parte de mí. No me apreciaba
tanto.

—¿Hablas en serio?

—No debería hacerlo ¿verdad? Ya no lo haré —se
volvió y apoyó la nariz contra su torso—. ¿Por qué sigues excitado? Creía que los hombres se relajaban
después de...

Zafir la había limpiado con una toalla antes de in-
corporarla sobre la cama. Sin duda habían encontrado
el placer a la vez.

—Me encantaría saber cómo relajarme estando contigo, Fern. Estar tan excitado es doloroso.

—Yo me siento igual, soy como una especie de adicta
al sexo, pensando en ti todo el tiempo. ¿Siempre es
así? —preguntó, acariciándolo con suavidad—. Nunca
había deseado algo tanto. A veces pienso: ese hombre
es atractivo, o algo así, pero nunca había deseado...
—«complacer a un hombre con la boca».

Deseaba hacerlo de verdad. Él le sujetaba la mano
y le enseñaba cómo le gustaba que lo acariciaran. Después de alcanzar el ritmo deseado, ella le capturó el
pezón con la boca. Era lo que él había hecho con ella
y a Fern le había encantado.

Zafir le sujetó la cabeza y se la inclinó para besarla.
Ella le permitió que continuara, pero estaba deseando
complacerlo de verdad.

—Quiero hacer una cosa —susurró ella, retirándose
y presionando contra su hombro para que se tumbara
sobre la espalda.

Cuando se deslizó hacia la parte inferior de su
cuerpo, él se puso tenso, como si estuviera hecho de
mármol.

–No tienes que hacerlo.

–Quiero hacerlo. Dime cómo debo hacerlo para que te guste.

–Ya me está gustando.

Ella se rio.

–Todavía no he empezado

–Lo sé, pero me encanta –susurró, consiguiendo que ella sonriera mientras apoyaba los labios sobre su miembro erecto.

Zafir tenía un pie en el paraíso y otro en el infierno.

Contaba las horas del día que faltaban para ir a ver a Fern, y blasfemaba cuando amanecía y se acababa otra noche con ella. Nada más recibir el mensaje emitido desde el campamento base, se le partió el corazón.

Habló primero con Ra'id, puesto que era lo que se esperaba que hiciera.

–Tengo que marcharme por la mañana –dijo Zafir, tras explicarle la situación con los manifestantes que habían salido a la calle en su ciudad.

–Yo también he estado pensando en marcharme –admitió Ra'id–. Amineh quiere quedarse las dos semanas enteras, y las niñas vivirían aquí si yo pudiera organizarlo para que así fuera, pero yo estoy inquieto. Hay ciertas cosas de las que tengo que encargarme en casa Ya hemos celebrado el encuentro que necesitábamos. Es la hora de irse.

Zafir asintió. Ambos eran hombres con mucha energía, acostumbrados a tener días exigentes y agendas que los llevaban a dar la vuelta al mundo en una semana. De niños habían sido vecinos y amigos. De adultos, se sentían tan cercanos como si fueran hermanos y nunca se cansaban de la compañía del otro, pero también conocían y respetaban las obligaciones que tenía cada uno.

La inactividad no era algo a lo que estuvieran acostumbrados, así que, marcharse tenía sentido.

No obstante, Zafir no estaba preparado.

—Pareces realmente preocupado. ¿La revuelta es peor que otras? —preguntó Ra'id.

—No —dijo Zafir, incapaz de dejar de pensar en lo que dejaría atrás—. Es el mismo grupo de agitadores que se rebela cada vez que me marcho. Todo se calmará en cuanto regrese, así que será mejor que me marche.

—¿Es el mismo hombre de siempre? ¿Abu Gadiel? Creía que ibas a casarte con su hija y acallarlo para siempre.

Zafir puso una tensa sonrisa.

—Esa idea me parece cada día menos disparatada y más práctica.

Ra'id resopló, y al ver la expresión del rostro de Zafir, comentó:

—Te lo estás planteando de verdad.

—Tiene diecinueve años. Es joven, educada de forma tradicional, pero sigue estudiando y su intención es convertirse en médico.

—Así que, es inteligente, pero quizá no esté tan interesada en hacer política como en ayudar a otra gente —sugirió Ra'id.

—Exacto.

—¿Es guapa?

Zafir lo miro como diciéndole: *¿importa?*

Ra'id se encogió de hombros.

—Ayuda.

—Nunca te entregué aquel rebaño de cabras por haberte llevado a la fea de mi hermana de mi lado —contestó Zafir, provocando que Ra'id esbozara una sonrisa.

Ra'id se había enamorado de Amineh cuando eran muy jóvenes y si por él hubiera sido, se habría casado con ella antes de que terminara los estudios. Para entonces, su padre ya se había marchado y fue Zafir quien tuvo que insistir en que terminara los estudios antes de casarse.

Amineh lo hizo, y además se casó con Ra'id por amor. Zafir sabía que ella creía que él había llegado a amar a la madre de Tariq, pero no era un sentimiento que él hubiera deseado tener nunca. Había sido la debilidad de su padre. El motor de los actos que habían sido su perdición.

Para Zafir, el amor era un lujo que no podía permitirse. Otro matrimonio concertado por el bien de la paz era su destino.

—Ya me dirás si hay algo que pueda hacer para ayudarte —dijo Ra'id.

—Te lo agradezco —dijo Zafir, dándole una palmadita en el hombro antes de marchar—. Iré a decírselo a los niños.

Era una excusa para ver a Fern. Ambos hacían lo posible para no verse durante el día, y él se sentía como un canalla, pero ¿qué otra opción tenía? Le había prometido que no perdería su trabajo.

—Promételes que enviarás a Tariq a pasar un par de

semanas con nosotros. Buscaré un hueco en mi agenda después de la boda de mi prima. Eso los ayudará a superar el mal trago.

Una solución para Tariq y la niñas, pero ¿cómo conseguiría superar el mal trago Zafir?

Ese día, Amineh estaba participando en la clase de Fern, compartiendo su conocimiento acerca del arte mientras los niños dibujaban a su animal favorito del oasis. Cuando Zafir apareció para decirle que todo el mundo se marcharía por la mañana, los niños se revolucionaron.

–Ya sabes que no puedo ignorar ese tipo de cosas –le dijo Zafir a su hermana cuando ella protestó.

Fern tenía miedo de mirarlo porque temía mostrar su nerviosismo. Ya estaba. Las largas noches que había pasado abrazada a su cuerpo habían terminado. El aroma de su piel desnuda, sus labios susurrándole al oído. No solo echaría de menos el placer que él le había proporcionado, sino también su cercanía. Estaba segura de que él se reía con todas las mujeres que pasaban por su cama, y que a todas les decía que eran guapas, que sabían a miel y olían a flores salvajes, pero esa era su primera experiencia con un hombre y le encantaba.

Cuando él se marchó, ella no pudo evitar mirarlo con nostalgia, deseando que la vida no fuera tan injusta...

Después, se percató de que Amineh la miraba de forma inquisitiva.

Fern no pudo evitar sonrojarse. Se sentía como una idiota.

De algún modo, consiguió decir:

–¿No me dijiste que todas tus amigas sufren el mismo efecto? Él es... –no tenía palabras para describirlo.

Amineh sonrió.

–Así es. Y no deberías tomarte de forma personal que él parezca indiferente. Oh, Fern.

Fern se alegró de que Amineh diera por hecho que su enamoramiento era platónico, y no alimentado por los licenciosos encuentros a medianoche, pero la idea de perder esos encuentros le sentaba como una puñalada.

Por fortuna, la noticia de que tenían que marcharse afectó a todo el campamento. Los niños estaban quejicosos, y gracias a ello, Fern podía disimular una pizca su mal humor. Cuando Tariq la invitó para que los acompañara durante la última comida, ella encontró una buena excusa para mantener su intimidad y evitar que notaran que estaba muy triste.

–Tengo muchas cosas que recoger. Lo siento.

–Te echaré de menos –le dijo el niño, provocando que ella deseara abrazarlo.

–Yo también te echaré de menos. Eres un niño encantador, pero te veré dentro de unos meses cuando vayas a visitar a tus primas.

No vería a su padre, pero sabía que lo que había tenido con Zafir era algo temporal.

Aquella noche, mientras se abrazaban, ella trató de memorizar cada detalle. Él estaba con la espalda apoyada contra el montón de bolsas y cestas que ella había empaquetado. Fern estaba a horcajadas sobre sus muslos. Ambos estaban desnudos y sudorosos, temblando de excitación. Ella no podía dejar de besarlo y él la sujetaba con firmeza, como si quisiera grabar para siempre el tacto de sus manos en su piel.

Cuando él le sujetó el trasero con la mano, ella se arrodilló para ofrecerle uno de los senos, deseando que se lo besara. Comunicaban perfectamente en silencio, y apenas hablaban para que nadie descubriera que hacían el amor en la oscuridad.

Zafir le mordisqueó el pezón y ella echó la cabeza hacia atrás mientras trataba de contener un gemido. ¿Cómo podría sobrevivir sin él? ¿Sin aquello? Jamás se había sentido tan libre como cuando estaba con él. Era magia, fantasía y perfección.

Lo rodeó por la cabeza y le besó el cabello, inhalando su aroma. Le ardían los ojos, y temía que aquella emoción fuera más intensa y permanente que el encaprichamiento.

Él la besó de forma apasionada, provocando que ella se retorciera con desesperación y desear permanecer para siempre a su lado.

Acercó la entrepierna hasta su miembro erecto y presionó su cuerpo contra el de él, consciente de que cuando se abandonaba de aquella maneara Zafir se excitaba también.

Restregándose contra su miembro de manera rítmica, estuvo a punto de provocar que él la penetrara. Cada vez que presionaba sobre la punta de su miembro, se retiraba después, provocando que el deseo aumentara hasta niveles desesperados.

Apenas sin darse cuenta de lo que estaba haciendo, comenzó a moverse con más fuerza, disfrutando de la sensación que cada pequeña penetración provocaba en su sexo.

–Fern –dijo él, retirándose y sujetándola por las caderas.

–Quiero que seas tú, Zafir –dijo ella, clavándole las uñas en los hombros y besándole el cuello–. No quiero compartir mi primera vez con ningún otro hombre. Quiero hacerlo contigo.

–No quiero hacerte daño –dijo tembloroso, y tratando de mantener el control.

–No me harás daño –le aseguró ella, moviéndose y colocándose para que la poseyera–. No me detengas.

–Con cuidado –dijo Zafir–. Ve despacio –y la penetró un poco más.

Era doloroso. Y mucho. Sin embargo, ella estaba tan excitada que se sentía feliz de que estuviera pasando. Sonrió y lo besó antes de acomodarlo por completo en su interior. Poseyéndolo tanto como él la poseía a ella.

Zafir le acarició el cuerpo y le mordisqueó el labio con ternura, susurrándole palabras árabes que sonaban de maravilla.

Juguetéo con sus pezones y ella se tensó alrededor de su miembro. Al instante, comenzó a moverse más deprisa.

–Cuidado, me estás volviendo loco –dijo él–. Si sigues haciendo eso perderé el control.

Ella lo ignoró y continuó moviendo las caderas. Cada vez le resultaba más placentero.

–Zafir, estoy a punto –susurró en su oído–. Es maravilloso. Acompáñame... –se agarró a él y permitió que un inmenso placer la invadiera por dentro trasladándola a un lugar inimaginable.

Él la abrazó con fuerza. Ella apenas podía respirar, pero necesitaba que la sujetara mientras convulsionaba de placer.

De pronto, ella cayó de espaldas sobre la cama y él la cubrió con su cuerpo, moviéndose con fuerza y provocando que el orgasmo alcanzara mayor intensidad. La besó para acallar sus gemidos y comenzó a convulsionar también.

Fern le rodeó la cintura con las piernas para que no se moviera. Deseaba que se quedara allí para siempre.

Y cuando él dejó caer todo su peso sobre ella, suspiró agradecida. Nunca se había sentido tan feliz.

Enamorada, locamente enamorada, pero así era como una mujer debía sentirse con su primer amor ¿no?

Zafir se obligó a separarse de ella. La tienda estaba a oscuras, como cada noche, pero él coloco el brazo sobre sus ojos, tratando de bloquear la realidad.

Su intención había sido retirarse a tiempo.

No pensaba poseerla, pero ella lo había tentado demasiado. Y había sido maravilloso. A pesar de sus esfuerzos, él había perdido la cordura durante un instante. Ni siquiera recordaba cómo había acabado sobre ella, solo que de pronto se había percatado de dónde se encontraban y de lo mal que estaba lo que habían hecho. En ese momento, había alcanzado el éxtasis.

–Zafir... –susurró ella.

–Shh –él se apoyó sobre el codo y colocó un dedo sobre sus labios, escuchando.

Al otro lado del campamento se oía llorar a una de las niñas y la voz de Amineh consolándola.

El simple gesto de acariciarle los labios a Fern, provocó que él se excitara de nuevo. No podía quedarse allí. La poseería de nuevo y ya no eran los únicos que estaban despiertos en la noche.

–Tengo que irme –susurró–. Antes de que nos pillen.

Ella apretó los labios.

–De acuerdo.

Su manera de aceptar que se marchara después de poseerla, provocó que él se disgustara. Quería preguntarle sobre si lo habían hecho en buen momento, pero sabía que si se quedaba más tiempo, la besaría otra vez y terminarían haciendo el amor una vez más. Levantarse de aquella cama era lo más difícil que había hecho nunca, pero no le quedaba más remedio. Se marchó sin decir adiós, porque temía que no fuera capaz de hacerlo a no ser que se diera prisa.

Más tarde, aquella mañana, se aseguró de que su caravana estuviera preparada antes que la otra. Abrazó a su hermana y besó a sus sobrinas. Ra'id le contó que Jumanah había llorado toda la noche porque no quería marcharse.

Él tampoco.

No podía permitirse pensar en el cuerpo de Fern, ni en cómo lo había sujetado con los muslos mientras se devoraban.

–Adiós, señorita Davenport –consiguió decirle cuando Fern llevó una de sus bolsas para dársela a los cuidadores de camellos. Quería preguntarle en qué momento del ciclo menstrual estaba, pero no estaban a solas.

–Gracias, *abu* Tariq –dijo ella–. Gracias por haber

hecho posible mi visita a un lugar tan especial –dijo con voz temblorosa y sonrojándose.

Él sintió que se le encogía el corazón. Para él también había sido algo extraordinario.

–*Bissalama* –fue todo lo que dijo. Que tenga un buen viaje.

–Tú también. Siempre.

Él respiró hondo tratando de aligerar el peso de su corazón, asintió y se movió para agarrar las riendas de su camello.

Capítulo 6

FERN habría permitido que su vida se consumiera si no hubiese estado tan ocupada, pero a las pocas semanas de regresar al palacio toda la familia se marchó de viaje para asistir a la boda de un primo de Ra'id en el sur.

El país de Ra'id era bastante conservador, pero ese nuevo Estado lo era todavía más. Fern tuvo que dejar su pasaporte en el aeropuerto y la alojaron en una de las habitaciones del harem. Alrededor de ese edificio había una serie de *bungalows* que rodeaban una piscina, fuentes y estatuas de bronce. Un paseo llevaba hasta el palacio principal.

Sus aposentos eran muy bonitos, pero pocas personas se molestaban en hablar con ella, solo los otros extranjeros, una niñera malaya y la esposa de un repostero que había llegado desde París. El resto de las mujeres eran familiares de ambas partes de la pareja, y entraban y salían sin hablar con nadie.

A Fern no le importaba. Poco a poco iba adentrándose en un estado de terror mientras esperaba la prueba de que la última noche que había pasado con Zafir no había tenido consecuencias. Por desgracia, su ciclo menstrual se había alterado.

«Imposible», pensó. Solo habían hecho el amor

una vez. Muchas mujeres tardaban años en quedarse embarazadas. ¿Cómo iba a embarazarse a la primera?

Una tarde, estaba esperando a que Amineh fuera a recoger a las niñas. La madre intentaba que mantuvieran la rutina lo máximo posible. Jumanah estaba mezclando el sentido de las letras, algo que a esa edad no tenía mucha importancia, pero Amineh quería que Fern estuviera pendiente para asegurarse de que no era algo más grave.

–He estado retrasando la escolarización de Bashira porque hemos tenido muchos compromisos, y ahora que tiene seis años irá por detrás de sus compañeros si no le doy prioridad a su educación –le había dicho Amineh cuando le pidió que los acompañara en aquel viaje–. Sé que no será el viaje ideal, pero ¿vendrás?

Fern había sido incapaz de decirle que no. La habían contratado para enseñar a las niñas. Además le gustaba aprender acerca de aquella cultura.

No podía evitar pensar en lo que había hecho con Zafir. Y no podía comprenderlo. ¿Qué era lo que tenía que comprender? Practicar sexo era la manera de engendrar un bebé. Y ella había practicado sexo.

Zafir y ella habían...

«No».

A medida que pasaban los días y notaba que sus senos estaban cada vez más hinchados y que ya no podía achacar sus náuseas a la preocupación, tuvo que aceptar que era igual de mala que su madre. O peor.

No le quedaba más remedio que admitir que su madre tenía razón.

El golpe final lo recibió cuando Amineh le contó:

–Ra'id me ha dicho que Zafir habla de concertar

matrimonio con la hija de uno de sus opositores. Estupendo, he dicho yo. Quiero la paz en Q'Amara tanto como él, pero si cree que voy a asistir a otra boda antes de que nazca el bebé... Oh, te he sorprendido –Amineh la agarró del brazo–. Pensé que después de ver que casi me desmayo delante de ti esta mañana, lo habrías imaginado. Parecías tan comprensiva... Como si supieras lo que estaba sufriendo con este calor.

–Oh, no, yo... –Fern estaba aturdida–. No, no me había dado cuenta –dijo–. Es maravilloso. Enhorabuena.

Abrazó a Amineh y no pudo evitar que las lágrimas inundaran su mirada. Estar embarazada al mismo tiempo que su amiga era perfecto, pero un desastre también.

–Oh, Fern, eres una persona tan dulce... Llorando y todo por mí. En serio, yo también siento ganas de llorar. Estoy tan cansada, y, ¡mira! Apenas estoy de seis semanas y ya se me nota. Nada me queda bien. Ra'id es una joya. Y me ha prometido que después de esto, estaremos en casa durante un año entero, pero todavía quedan dos semanas de esta tontería.

Fern solo pudo ofrecerle una sonrisa, deseando que el padre de su bebé fuera una joya y cuidara de ella, pero Zafir tenía un país entero del que preocuparse.

E iba a casarse.

Esa noche lloró sin parar y despertó con un ataque de náuseas tan fuerte que pensó que podían descubrirla. Por mucho que deseara contárselo a Zafir, no podía hacerlo. Y menos desde un país donde si una mujer soltera se embarazaba, cometía un delito. ¿Y si alguien se enteraba? ¿Y si a él no le importaba?

Nada más mirarse el rostro en un espejo, supo lo

que tenía que hacer. Era una mentirosa pésima, pero al menos sentía ansiedad de verdad, tan real, que cuando pidió reunirse con Ra'id su estado de preocupación era muy convincente.

–He recibido malas noticias desde casa. Una gran amiga. Es como una madre para mí –la señorita Ivy estaba perfectamente bien, pero cuando Fern pensó en cómo había destrozado su carrera profesional, las lágrimas afloraron a sus ojos y parecía más creíble–. Lo siento de veras. Tengo que regresar a Inglaterra.

Amineh estaba fuera con las niñas y otras mujeres de la fiesta. Fern lo había planeado así porque se sentía incapaz de mentir a la que consideraba una verdadera amiga. Sobre todo cuando había traicionado su amistad al acostarse con su hermano.

Era mucho más sencillo permitir que Ra'id la creyera y que lo organizara todo para que pudiera tomar un avión en menos de una hora. Ella le prometió que no tardaría más de una semana o dos en regresar.

Un día y medio más tarde, nada más llegar al hotel de Londres, se realizó la prueba de embarazo. Su vida cambió por completo en cuanto vio que daba positivo. Lo suponía, pero ya lo había confirmado.

Sentada en el borde de la bañera, vio cómo el trabajo de sus sueños se desvanecía. No podría enfrentarse a Amineh después de eso. Tampoco podría enfrentarse a Zafir después de haber sido tan estúpida como para permitir que sucediera. No podía ponerlo en el compromiso de tener que elegir entre su país o ella. Y menos cuando conocía que él y su hermana habían crecido con la angustia que conllevaba vivir entre dos mundos. No podía hacerle eso a su hijo.

¡Iba a tener un bebé!

Incapaz de asimilar la realidad, empezó a hacer lo que creía que debía hacer. Escribió la carta de dimisión con manos temblorosas. Después, llamó a una empresa de mensajería para que la enviaran. Pedía mil disculpas, pero no podía volver. Las circunstancias en casa se lo impedían, pero deseaba que las niñas fueran bien en sus estudios.

Al día siguiente de su llegada a Londres, tomó un tren hacia el norte y después un taxi hasta la casa de la señorita Ivy.

—¡Fern! —exclamó su amiga al abrir la puerta—. ¡No te esperaba!

Fern dejó las maletas.

—Yo estoy embarazada —comenzó a llorar sin parar—. ¡Señorita Ivy! ¿Qué voy a hacer?

Seis meses más tarde

Zafir se estaba preparando para una reunión privada muy importante. Abu Gadiel había aceptado que Zafir se presentara ante su hija. Ellos, junto a la madre y dos hermanos, llegarían en cualquier momento. El ambiente de su despacho era de tensión, y él era el único que estaba en la habitación.

Zafir repasó en silencio los motivos para contraer matrimonio con ella, ayudaría a que el pueblo confiara en él como gobernador y beneficiaría al país. Ella solo tenía una duda al respecto: si le permitirían cumplir su sueño de convertirse en doctora.

Por supuesto, él la animaría. Le ofrecería un largo

compromiso, y esperaría a que terminara los estudios. Estaría obligado a mantener el celibato, pero necesitaría tiempo para conseguir desearla. El deseo sexual lo torturaba cada hora del día, pero solo podía pensar en una mujer.

Esa obsesión debía terminar. No repetiría lo que había hecho su padre, no mantendría una amante en Inglaterra. Q'Amara necesitaba estabilidad. Y eso se conseguía con un hombre con claridad mental, no con uno atormentado por sentimientos como el amor.

Así que ignoraría el hecho de que Fern había regresado a Inglaterra, aunque desde que Tariq le contó que ella se había marchado del palacio, él se sentía como un león encerrado.

–¿Por qué se ha marchado? –le preguntó Zafir.

–Su amiga está enferma. La tía dijo algo que sonaba como lo que tuvo mi madre.

Zafir desechó la idea que se había formado acerca de que Fern tenía otros motivos para marcharse, y se centró en recordarle a Tariq que, de haber estado en otro lugar que no fuera el oasis, la señorita Davenport también habría sido tan estricta como la señora Heath, la nueva profesora que habían contratado.

Tariq no estaba de acuerdo, e insistía en que la señorita Davenport era mucho mejor que la nueva.

Zafir no podía contradecirlo. Había pasado semanas pensando en qué parte de Londres le compraría un piso a Fern, e incluso había consultado los catálogos de algunas inmobiliarias. Ni siquiera sabía qué podía gustarle. Apenas habían hablado, puesto que se habían ocupado en devorarse en silencio. Era evidente que ella llevaba una vida sencilla. Y Zafir había deducido que había tenido que cuidar a su madre debido a una enfermedad terminal. Sin duda agradecería no tener que trabajar más, ni preocuparse por satisfacer sus necesidades básicas.

Su deseo por continuar la relación que mantenía con ella era una especie de locura. Una obsesión. Tenía que parar. Inclinó la cabeza, recordando una vez más la sensación de tener a Fern bajo su cuerpo, con la piel caliente y retorciéndose con abandono. De haber sabido que terminaría poseyéndola, lo habría hecho desde un principio. Y cada noche.

Cuando llamaron a la puerta, regresó de golpe a la realidad. A partir de ese día, no volvería a pensar en ella. Su vida avanzaba en otra dirección. Era necesario.

Zafir dio permiso para que pasaran y descubrió que era Ra'id.

Zafir frunció el ceño. Su cuñado nunca aparecía sin avisar, y menos con una expresión tan seria. Al instante, Zafir pensó en lo peor. Esperaba que Amineh estuviera bien. ¿Le ocurriría algo al bebé? ¿O a sus sobrinas?

–¿Qué ocurre? –preguntó en cuanto Ra'id cerró la puerta.

–Tu hermana y los niños están bien, pero ella ha insistido en que venga a verte yo puesto que el viaje es demasiado largo como para que venga ella.

Ra'id estaba más serio que nunca. Y por su mirada, Zafir sospechaba que él tenía algo que ver.

Se le ocurrió que quizá Tariq había hecho algo durante el tiempo que pasó en su casa, tres meses antes. Le había contado algo acerca de uno de los caballos de Ra'id...

Ra'id se cruzó de brazos y dijo:

—Mi esposa y yo llevamos meses discutiendo. Sé que me ha estado ocultando algo, a pesar de que no es su estilo —la furia que manifestaba Ra'id hizo que Zafir se pusiera en alerta—. Y cuando por fin me contó sus sospechas, le aseguré que estaba equivocada y que probablemente este había sido el peor desencuentro de todo nuestro matrimonio.

—¿No te acusará de tener una aventura por ahí? —dijo Zafir con incredulidad.

—No, a mí no —dijo Ra'id—. A ti.

Durante un instante, Zafir se quedó sin respiración. Después, arqueó una ceja y dijo con tono neutral.

—Yo no estoy casado.

—La señorita Davenport se marchó de nuestra casa de forma repentina. Amineh está convencida de que tú eres el motivo.

—Esto pasará a la historia como una pelea ridícula si de verdad has venido hasta aquí para implicarme en los problemas de tus empleados domésticos —comentó Zafir.

—Se ha convertido en una apuesta para ver quién de los dos te conoce mejor. Ella te cree capaz de tener una aventura con su amiga, mientras que yo le he asegurado que tienes más sentido común.

Así que los habían descubierto. A Zafir le pitaban los oídos al mirar a su amigo a los ojos. No era agradable hacerle ver a Ra'id que regresaría a casa sin poder alardear de tener la razón. Era cierto que Zafir no tenía tanto sentido común como su amigo pensaba.

Ra'id se puso tenso.

—Yo le dije que es evidente que la señorita Davenport no era el tipo de mujer que tiene aventuras amorosas. Y que por muy ligón que fueras, preferirías salir con mujeres más sofisticadas que sepan dónde se están metiendo. El tipo de mujer que acepta joyas como regalo, pero que no espera un anillo de diamantes. Le dije que nunca seducirías a una virgen y que, desde luego, no te aprovecharías de ella.

Zafir no pudo evitar sentirse enojado consigo mismo. Y tampoco era capaz de disimularlo.

—Tuviste una aventura con la profesora de mis niñas —insistió Ra'id al ver que él no negaba los hechos–. ¿Te das cuenta de que acaban de dejar de llorar por ella? ¡Estaba bajo mi protección, Zafir!

—Tú te acostaste con mi hermana antes de casarte con ella. Y en mi casa.

—Quería casarme con ella —contestó Ra'id–. La amaba.

Y de pronto, Zafir tuvo que mirar a otro lado al enfrentarse a la verdad. Había puesto la excusa de que Fern era inglesa. Las chicas inglesas tenían aventuras amorosas. Sus actos no eran deshonrosos. Ella había querido que la poseyera.

—Admito que no fue acertado —dijo sin más. No podía dar ninguna explicación. Un potente deseo sexual se había apoderado de él.

—Así que, al final es cierto que Amineh te conoce mejor.

—Sí —dijo Zafir con una sonrisa–. Siento que tengas que regresar a casa y decirle a tu esposa que te equivocaste. Es un destino peor que la muerte para un hombre. ¿Hemos terminado? Porque han llamado a la puerta, y eso significa que mis invitados han llegado.

–No –dijo Ra'id–. Porque si es cierto que te has acostado con ella, puede que también sea cierto otra cosa. Lo que a Amineh le preocupa es que la señorita Davenport haya cortado toda la comunicación.

Durante un momento, Zafir se quedó preocupado. ¿Estaría enferma? Después se acordó...

–Está cuidado a una amiga enferma. La gente se aísla cuando está en esa situación –él lo había hecho cuando su esposa se estaba muriendo.

–¿Tú crees? –preguntó Ra'id–. Yo creí que ese era el motivo por el que se marchaba y cuando vino a contármelo, tardé lo menos posible en meterla en un avión. Sin embargo, Amineh ha buscado a su amiga en internet y no hay ninguna prueba de que esté sufriendo por nada más que porque el invierno se está alargando demasiado. La señorita Davenport ha abandonado sus cuentas en las redes sociales, mientras que su amiga continúa al día, contando que ha empezado el entrenamiento para la media maratón y colgando las fotos de su viaje a Portugal.

Zafir no sabía qué decir, y se sentía cada vez más atrapado.

–Al parecer, la señorita Davenport ha mentido a Amineh. ¿Qué motivos tendría para marcharse de forma repentina y no contestar a ninguno de los correos electrónicos que le ha enviado Amineh? ¿Quieres que te cuente la teoría que tu hermana, la detective aficionada, ha formulado?

«No, por favor», pensó Zafir. No obstante, ambos sabían cuál era la conclusión más lógica.

–Me lo habría dicho –murmuró Zafir. La idea de que Fern pudiera estar embarazada era demasiado di-

fícil de asumir. Y los motivos que podría tener para
no habérselo contado, demasiado desagradables.

–Otra clase de mujer habría intentado atraparte –dijo
Ra'id–. Te lo habría dicho y te habría chantajeado para
conseguir que la mantuvieras el resto de su vida. Incluso para que te casaras con ella. ¿Al menos tuvo sentido común como para emplear algún tipo de protección? ¿Y tú?

Zafir se sentía culpable y odiaba que un hombre al
que consideraba casi un hermano estuviera juzgándolo
por su mal comportamiento. Lo había hecho igual de
mal que su padre, quien lo había condenado a vivir sin
saber dónde pertenecía realmente.

No tenía excusa para sus actos.

–*Ya gazma* –soltó Ra'id. «Basura».

–Me lo habría dicho –insistió Zafir.

–¿Se marchó porque tenía miedo de volver a verte?
–preguntó Ra'id–. Teniendo en cuenta lo sensible y
discreta que parecía, podría pensar que así fue. Será
mejor que descubras si todo esto es cierto antes de que
continúes con lo que ya has empezado.

Zafir notó que se le encogía el corazón. Lo había
estropeado todo.

Se pasó la mano por el rostro, intentando pensar.

–¿Qué vas a hacer si está embarazada? –preguntó
su amigo. Ya no hablaba con rabia, sino con preocupación. Era consciente de la complicada situación en
la que se encontraba Zafir.

–No lo sé –respondió con sinceridad.

–Durante el camino hasta aquí he tenido tiempo
para pensar –dijo Ra'id–. Tengo una sugerencia.

Capítulo 7

FERN corrió desde la parada de autobús agarrándose el cuello del abrigo y sujetando con fuerza el paraguas para que no se lo llevara el viento. Caminar deprisa había provocado que se le agitara la respiración. Posiblemente por el peso que había ganado o porque necesitaba hierro.

El embarazo era un proceso que requería mucha energía y era curioso ver cómo iba cambiando el cuerpo.

Se dirigía al pequeño estudio de la señorita Ivy. Su amiga había insistido en cederle el sofá cama que ella utilizaba, mientras esperaba que se quedara libre un apartamento cercano.

Al llegar a la entrada del edificio, un lujoso coche con los cristales tintados llamó su atención. Al ver que se abría la puerta del conductor, ella se detuvo.

Zafir salió del coche y cerró la puerta con firmeza. Cuando se acercó a ella, Fern tuvo ganas de salir corriendo, pero fue incapaz de moverse.

No llevaba túnica ni turbante, pero estaba tan atractivo como siempre. Estaba recién afeitado y se había dejado una pequeña perilla.

Fern levantó el paraguas para que él pudiera meterse debajo y, de pronto, todo su cuerpo reaccionó ante su masculinidad. Tragó saliva, asumiendo que lo deseaba de nuevo.

Era patético. Estaba a mitad del tercer trimestre, no se encontraba nada atractiva y, sin embargo, deseaba tumbarse a su lado. Desnudos, con los cuerpos unidos.

—Salgamos de este lío —dijo él, agarrándola del codo y señalando hacia la casa.

¿Se habría dado cuenta? Por supuesto que sí. Su abrigo permitía que se notara su vientre abultado. ¿Había ido a buscarla a ella? ¿O solo había ido porque se había enterado de que estaba embarazada de él?

Nada más entrar en el edificio, Zafir le retiró el paraguas de las manos y lo dobló antes de subir los dos escalones que llevaban hasta la casa de la señorita Ivy.

—¿Fern? —la llamó la señorita Ivy desde la cocina nada más oírlos entrar—. Te ha llamado una mujer. No me ha dicho su nombre, pero le dije que volverías sobre esta hora así que supongo...

La señorita Ivy se calló y salió con un vaso y un paño de cocina en la mano.

—Hola —dijo con tono de curiosidad al verlos. Se fijó en que Fern estaba pálida y frunció el ceño con preocupación.

—Era mi secretaria —explicó Zafir—. ¿Usted debe ser Ivy McGill? Gracias por evitarme tener que esperar bajo la lluvia más de lo necesario. ¿Se encuentra bien? En mi familia pensábamos que estaba bastante enferma —dijo con sarcasmo.

Fern trató de ignorarlo.

—Ivy, te presento al jeque abu Tariq Zafir ibn Ahmad al-Rakin Iram. O también lo conocerás como el señor Zafir Cavendish, nieto del duque de Sommer-

ton. Yo... –se aclaró la garganta–, les conté que nece-
sitabas que te cuidaran cuando interrumpí mi contrato
como profesora de sus sobrinas.

–Ya... –dijo la señorita Ivy.

–Permite que te recoja el abrigo, Fern –dijo Zafir,
colocándose detrás.

«No vives aquí. No es tu trabajo quitarme el abrigo.
No te quedes. No hables conmigo. Ni siquiera me
mires».

Entonces, notó el roce de sus dedos sobre los hombros y al recordar cómo la había desnudado una y otra
vez, tuvo que esforzarse para no estremecerse.

Zafir se acercó al perchero para colgar el abrigo
empapado y Fern se apoyó en la pared para desabro-
charse las botas.

–¿Por qué no nos prepara una infusión? –sugirió
Zafir–. Fern y yo tenemos que hablar.

–Estaría bien –contestó Fern con una tensa sonrisa.

La señorita Ivy se metió en la cocina y encendió la
tetera eléctrica.

Fern miró a Zafir y vio que estaba confuso. Él posó
la mirada sobre su vientre abultado y ella tragó saliva
y se dirigió hacia el sofá.

–No pretendía que sucediera esto, Zafir –dijo ella.

–Es mío –dijo él, afirmando más que cuestionando.

Sin embargo, ella soltó una carcajada de sorpresa.

–¿De quién más podía ser? –preguntó ella.

–Necesito escucharlo –miró a otro lado, apretando
los puños a ambos lados del cuerpo.

–¿Te sorprende? –preguntó ella, percatándose de
que para él habría sido más sencillo que ella hubiese
sido promiscua.

–Lo siento, pero no soy una mujer promiscua con una gran lista de posibles padres...

–¿Por qué no me lo dijiste? –preguntó él.

–No pensé que quisieras saberlo –contestó ella.

–¿Hay algo en la manera en que trato a Tariq que te sugiera que mi hijo no me interesaría?

–No –repuso ella, inclinando la cabeza. «Pero no quería que pensaras que lo he hecho a propósito. Ambos sabemos que esto es...». No se atrevió a llamarlo un error, pero la situación no era la ideal–. No te alegras, Zafir. Apenas puedes hablar con un tono calmado. Me pareció mejor no decírtelo.

–¿Y qué pensabas hacer?

–¿Qué quieres decir?

–¿Vas a tenerlo?

–Por supuesto –señaló el tamaño de su vientre.

–¿Me refería a si estás pensando en darlo en adopción o algo así?

–¡No!

Él miró a otro lado y ella no pudo leer la expresión de su rostro.

–Así que quieres al bebé.

–¡Sí! ¿Cómo puedes pensar otra cosa?

–Has intentado mantenerlo alejado de mi vida, Fern. Se me ocurría que también quisieras alejarlo de la tuya.

–Desde el momento en que supe que estaba embarazada supe también que quería quedármelo –le dijo ella–, pero cuando valoré todos los factores, me pareció que decirte que ibas a tener un hijo suponía ponerte en una situación más injusta que mantenerte en la ignorancia.

–¿Intentabas ayudarme? ¡Qué amable!

Ella lo miró. No le gustaba su respuesta. Era cierto que había intentado dar prioridad a las necesidades de Zafir antes que a las suyas.

–No pretendo ser una experta en la política de tu país, pero sé que esto es lo último que necesitas. Hago lo que puedo para mantener mi embarazo en secreto...

–Es evidente –dijo él–, pero no he venido para compensarte por lo sucedido. He venido para reclamar a mi hijo. Quiero que mi hijo o mi hija formen parte de mi vida.

Fern sintió que se le aceleraba el corazón.

–¿No has oído lo que he dicho? No tengo intención de entregárselo a nadie. ¡Ni siquiera a su padre!

–Entonces, te casarás conmigo.

Fern jamás había imaginado que pudiera darse esa posibilidad.

–Yo... –las lágrimas afloraron a sus ojos–. No puedo. ¿O solo lo propones para que sea legítimo? Y yo me quedaré en Inglaterra mientras tú...

–No –interrumpió él–. Vivirás conmigo y con Tariq, en nuestro palacio.

Fern se percató de que estaba apretando los labios y se forzó a relajarlos. Él la ponía nerviosa. Sobre todo cuando exigía formar parte de la vida de su hijo. Su padre ni siquiera se había molestado en quedarse para saber si ella era un niño o una niña. El hecho de que Zafir mostrara interés por la criatura que ella llevaba en el vientre, la enternecía, pero ¿qué pasaba con ella?

–Casarme no entra dentro de mis planes –murmuró ella.

–Pues cambia los planes.

Ella negó con la cabeza.

–¿Por qué no?

–Piensa en quién eres...

La señorita Ivy entró en la habitación con una bandeja, y Fern perdió la oportunidad de explicárselo.

Se hizo un gran silencio, y cuando la señorita Ivy terminó de servir las tazas, preguntó:

–¿Me llevo el mío a mi habitación?

–Por favor –dijo Fern con un nudo en la garganta. Necesitaba hablar con Zafir en privado para aclarar las cosas.

La amiga de Fern era una mujer menuda, un poco encorvada y con el pelo castaño y lleno de canas. Antes de salir de la habitación apoyó la mano sobre el hombro de Fern en un gesto maternal y ella le cubrió la mano con la suya.

Cuando se cerró la puerta del salón, Zafir miró a su alrededor. Era una casa modesta y acogedora. En ella había una colección de fotos en las que aparecían hombres y mujeres con la toga de graduación, durante la recepción de un premio, o subidos a un pódium.

–¿Quién es? –preguntó él.

–Una profesora. Me hizo miembro del Club de Tímidos cuando tenía nueve años –comentó medio en broma–. Zafir, no quería decir eso. Sobre lo de ser quien eres...

Zafir la miró y se fijó en su vientre. Deseó acariciarla. Todo su cuerpo estaba más hinchado, sus mejillas, sus senos, su trasero... Le quedaba bien.

Tenía el cabello más largo. Estaba muy atractiva, tentadora, y su aroma resultaba familiar.

Todo acerca de ella había mejorado, sobre todo su capacidad para cautivarlo.

Sin embargo, ella no le había contado lo del bebé por ser quien era. ¿O se refería a lo que era?

—Me refería a que un hombre con tu estatus podría tener a cualquier mujer —se mordió el labio inferior.

—A cualquiera menos a ti —repuso él.

—No has venido hasta aquí para buscarme.

—No —convino él, consciente de que era cruel ser tan sincero con ella, pero ¿qué esperaba? ¿Declaraciones de amor? Habían tenido una aventura. Eso era todo. Sin embargo, él no podía creer la de veces que había pensado en ella. Y cómo deseaba acomodarla en Londres.

No obstante, al observar cómo asentía, se percató de que la mujer que lo había recibido en su tienda cada noche, no era la amante sofisticada que él había creado en su imaginación. Una mujer segura de sí misma y de su capacidad para volverlo loco. No, Fern no parecía consciente de cómo lo había cautivado. Ni del deseo que él sentía hacia ella en ese mismo momento.

Y tampoco hacía ningún esfuerzo para que se marchara.

—¿Cómo se encuentra Amineh? —preguntó ella.

—Bien —contestó él, sorprendido por el cambio de tema— Según me dijo Ra'id hace unos días. ¿Y tú? ¿Va todo bien con el bebé?

Ella asintió.

—No soporto el olor de las salchichas ni del beicon, pero los dos estamos sanos y gorditos. Eso es lo que dice la matrona.

—¿Cuándo sales de cuentas?

Ella se lo dijo.

Era extraño imaginarse siendo padre otra vez, pero cuando contó mentalmente las semanas que faltaban se impacientó por conocer a su hijo o su hija. ¿Sería una niña? ¿Con el pelo rojizo y una boca pequeña como la de su madre? ¿Qué pensaría Tariq?

Él se pasó la mano por el cabello mojado. Ni siquiera se lo había dicho a su hijo, puesto que se había centrado en encontrar a Fern y descubrir si estaba embarazada. Nada más verla, había sentido la necesidad de saber si era suyo. Y reclamarlo.

También quería conseguirla a ella. Por supuesto que se casaría con ella y la llevaría a Q'Amara. No podría permitir que fuera de otra manera.

Sin embargo, ella no quería casarse con él. No lo miraba y él no podía dejar de mirarla, pero se casaría con él. Viviría en su casa con su hijo. Y conseguirían que la relación funcionara.

Zafir confiaba en que pudiera ser así. Temía que pudiera repetir la historia en más de un sentido, pero no abandonaría a su hijo.

–Fern, el matrimonio no es solo...

–No lo es –interrumpió–. Sabes que no lo es.

–No me comportaré como mi padre –insistió él, molesto al ver que ella negaba con la cabeza–. Puede que ese bebé no sea heredero ni sucesor de Q'Amara, pero no tendré un hijo ilegítimo. La gente considerará que Tariq es mi verdadero hijo, y dirán que este no lo es. No. Tenemos que casarnos.

–Me odiarás –dio ella–. No volveré a vivir así otra vez. No.

La angustia se apoderó de su rostro y los ojos se le llenaron de lágrimas.

–¿Otra vez? –preguntó él con incredulidad–. ¿Qué quieres decir con eso? ¿Quién te ha odiado?

–Mi madre –dijo ella, frunciendo el ceño y perdiendo la expresión de su rostro. Parecía que estaba a punto de derrumbarse–. Se embarazó de mí cuando tenía diecisiete años. Sus padres la echaron de casa. Mi padre desapareció. Apenas podía mantenerme.

–¿Y te culpaba por ello?

–Me culpaba de todo –dijo Fern–. De adulta, me he dado cuenta de que no era culpa mía, pero el bebé que llevo en el vientre sí –se lo cubrió con las manos de forma protectora–. Me dijo miles de veces que el deseo era malo y aun así me acosté contigo. No te culpo por odiarme, pero no puedo vivir recibiendo miradas y comentarios despectivos, Zafir. No criaré a mi hijo en ese ambiente. Ha de haber otra manera.

–Fern... –él no podía creer lo que estaba oyendo–. ¿Es ese el motivo por el que no me contaste lo del bebé? ¿Pensabas que te culparía por ello?

–¿Y no es así? Es evidente que estás furioso.

–¡Porque me lo has ocultado!

–No debí permitir que sucediera. Sabía que lo que estaba haciendo no estaba bien.

Ella se avergonzaba de haberse acostado con él, pero no por el motivo por el que Zafir temía.

De pronto, se percató de que mientras recordaba cómo ella lo había besado con abandono y cómo lo había recibido en su cuerpo, no había pensado en algo mucho más importante. «Los hombres no se interesan por mí. ¿Cuánta experiencia puedo tener a la hora de rechazar a uno?».

Zafir se acercó y se sentó en una butaca frente a

ella. Apoyó los codos sobre las rodillas y se resistió para no colocarle detrás de la oreja el mechón de pelo que caía sobre su mejilla. No confiaba en poder detenerse ahí.

Y ella ni siquiera lo imaginaba.

—Fern, ¿cuánta gente había en esa tienda esa noche? —preguntó él.

—Sé lo que hice, Zafir. Recuerdo muy bien quién insistió para que hiciéramos el amor.

Su piel estaba sonrojada hasta el cuello. Zafir estaba seguro de que se extendía por su vientre y hasta los muslos que lo habían sujetado por las caderas para que introdujera su miembro erecto hasta lo más profundo de su cuerpo. Suplicando, insistiendo. Ella se cubrió el rostro con las manos, como si no soportara recordarlo.

Sin embargo, era todo en lo que él podía pensar. Había sido como si le hubieran abierto las puertas al paraíso. Ni siquiera había tratado de resistirse.

—Mi intención era salir antes de... —dijo él—. Sabía el riesgo que corríamos antes de permitir que fuéramos tan lejos —aunque le hubiera gustado que ella cargara con toda la culpa, recordaba exactamente el momento en que la sujetó por las caderas e intentó mantener la cordura. Entonces, ella le había dicho: *quiero que seas tú.*

Zafir también deseaba ser el primero. La idea de que otro hombre entrara en su cuerpo era impensable. Ella le pertenecía.

—Puede que esa noche me presionaras, pero yo podría haberte apartado. No soy una víctima.

Ella negó con la cabeza.

–Yo sabía lo que podía pasar. Fui una imprudente y esta es la consecuencia.

–¿Mi hijo es un castigo? –preguntó él.

–No. Quiero decir que yo tampoco soy una víctima. Sabía muy bien lo que estaba haciendo.

Zafir se frotó los muslos y recordó las palabras acusadoras de Ra'id. Era cierto. No debería haberla tocado.

No obstante, lo había hecho.

–A lo mejor somos las víctimas de un sentido del humor divino, y estamos condenados a repetir lo que hicieron nuestros padres –arqueó una ceja como respuesta a su pésima broma–. Ese bebé lo hemos creado juntos, Fern.

Ella retiró las manos de su rostro. Estaba roja como un tomate, pero había brillo en su mirada.

–¿De veras lo ves de esa manera? Porque sé muy bien el lío en que nos hemos metido.

–Lo sé. No voy restarle importancia. La parte más fácil es la de decidir entre los dos qué podemos hacer. Cuando salga de aquí, la cosa empeorará. Sé que estoy enfadado por estar en esta situación, pero lo estoy conmigo, no contigo. Si ese es el motivo por el que intentas mantenerte alejada de mí, porque crees que te considero culpable, olvídalo. He venido a responsabilizarme de mi hijo, y eso significa que también soy responsable.

–¿Eso es todo lo que sientes? –lo retó ella–. Hacia el bebé quiero decir –añadió, bajando la mirada.

Zafir deseaba poder ofrecerle su amor. Empezaba a darse cuenta de que era posible que nunca lo hubiera conocido.

–Si lo consideras un deber...

–No, eso no es todo lo que siento –le aseguró–. La

primera vez que tomé en brazos a Tariq, experimenté una intensa emoción que nunca había experimentado antes. Me sentía orgulloso, pero al mismo tiempo asustado y desbordado. Era mi hijo, y sabía que haría todo lo posible por cuidar de él y de su vida. No hay palabras para describir esos sentimientos que conlleva la paternidad. Y ahora siento lo mismo hacia nuestro bebé.

–¿De veras? –preguntó ella con lágrimas en los ojos.

–De veras. Tienes que casarte conmigo, Fern.

Ella se secó las lágrimas de los ojos.

–Me siento tan culpable. Mi madre me advirtió miles de veces que no me dejara llevar por el sexo, y es justo lo que he hecho. No me atrevía a contártelo. Estaba segura de que me mirarías igual que lo habría hecho ella. Como si fuera estúpida.

Él se preguntaba si ella recordaba por qué habían permitido que sucediera. Sin embargo, no era el momento de recordar los encuentros que habían compartido en el oasis. El matrimonio era una prioridad. El resto podría continuar después.

–Deberías recoger tus cosas. Si no nos marchamos pronto, tendremos que viajar de noche.

–¿Recoger? –Fern todavía intentaba asimilar el hecho de que no la considerara culpable de su embarazo cuando él le sugirió que recogiera sus cosas.

–Nos quedaremos con mi abuelo hasta que te den permiso para viajar. Y si eso significa esperar hasta que nazca el bebé... –se encogió de hombros.

–Pero... –apretó los labios, tratando de mantener el control.

–Por muy acogedor que sea este apartamento, no es muy seguro. ¿Tienes una cama de verdad? ¿O sacas un colchón de ese sofá?

Ella miró las mantas que doblaba cada mañana y que colocaba sobre el brazo del sofá antes de guardar la cama.

–La señorita Ivy y yo lo guardamos juntas –murmuró ella–. No pesa mucho. Solo tiene truco.

–Bueno, no quiero que te tropieces guardando muebles.

–Aquí tengo trabajo. Hay estudiantes que cuentan conmigo.

–Dejaste tu trabajo como profesora sin avisar. ¿No hay nadie que te pueda sustituir?

Fern ya había hablado con algunos estudiantes para decirles que cuando naciera el bebé continuaría atendiéndolos por email o por cámara web. Zafir tenía razón, la señoría Ivy podría sustituirla, aunque ya estuviera jubilada.

–No estoy preparada para cambiar mi vida por completo –protestó ella.

–Tu vida ya ha cambiado –le recordó él.

–No creo que sepas lo que estás haciendo –le dijo ella. ¿Se había enterado de que era ilegítima? No sabía nada acerca de su padre.

–Mi primer matrimonio fue por conveniencia y ni siquiera nos llevábamos tan bien como tú y yo. Además, ya soy padre. Me crie siendo el hijo de un jeque y una mujer inglesa. No me llevaré muchas sorpresas.

Sí. Su primer matrimonio con una mujer de la que según Amineh, siempre hablaba con respeto. ¿Eso significaba que era capaz de querer a una esposa con la que había contraído matrimonio por conveniencia? ¿Llegaría a sentir lo mismo por ella?

Se mordió el labio inferior y lo miró. Al ver que él la estaba mirando, no pudo evitar recordar cómo la había besado. ¿Volverían a....?

Las consecuencias de dejarse llevar por el deseo eran malas.

«Vamos, Fern. Ya no te puedes volver a embarazar», oyó una vocecita en su cabeza.

Sin embargo, el hecho de que él no estuviera enfadado con ella, no significaba que le gustara. Mientras que ella estaba enamorada de él. ¿Qué clase de futuro le esperaba?

Zafir miró a su alrededor y preguntó:

–¿Hay alguna maleta?

–Puedo... Puedo irme contigo, y después ya hablaremos de lo del matrimonio.

–Si es lo que quieres... –dijo él–, pero vamos a casarnos, Fern. En cuanto pueda organizarlo.

–De verdad, creo que te arrepentirás en cuanto te des cuenta de lo que me has propuesto –insistió ella.

–Es un detalle que te preocupes por mí. Si yo fuera un caballero, tendría el mismo detalle hacia ti. Y te daría más tiempo para hablar del tema. Sin embargo, aunque no te considero culpable, ninguno de los dos va a evitar la situación. Hemos concebido a un bebé y vamos a casarnos. Viviremos en Q'Amara y lo criaremos juntos.

Fern sentía que Zafir había tomado el control de su vida y sabía que estaba mal. Por un lado, se sentía aliviada ya que su plan le salvaría muchas preocupaciones como, por ejemplo, de dónde sacaría dinero. Por otro lado, era una persona bastante independiente, tanto económica como emocionalmente y, aunque estuviera enamorada de él, eran unos desconocidos.

—No paras de suspirar —comentó él, bajo el ruido de la lluvia y de los limpiaparabrisas.

—¿Cómo de bien conocías a tu primera esposa cuando te casaste con ella?

—No muy bien.

—¿Y cómo la elegiste? ¿O cómo funcionó vuestro matrimonio?

Él continuó mirando hacia la carretera, pero su voz denotaba una pizca de tensión.

—Después de la situación que habían tenido mis padres, yo sabía que cuando me casara tendría que demostrar que era más árabe que inglés. La idea de rechazar a mi madre y mi parte de vida occidental, no me convencía —admitió mirándola de reojo—. Tenemos nuestras diferencias, pero mi madre forma parte de mi familia tanto como mi padre. Sin embargo, yo sabía que era necesario que me casara con una mujer de Q'Amara y demostrara que no me dejaba llevar por la pasión hacia las maravillas de Inglaterra. Sadira provenía de una familia acomodada. Su padre era conocido por sus valores tradicionales. Políticamente, nuestra unión aplacaría los temores acerca de que yo intentaría forzar el cambio igual que mi padre. El hecho de que Tariq tenga menos sangre extranjera ha facilitado que lo acepten como sucesor.

—Ah —repuso ella, pensando en que su hijo no sería visto de la misma manera.

Zafir le cubrió la mano con cariño, y Fern sintió que el deseo se apoderaba de ella.

—Conseguiremos que funcione, Fern.

—No veo cómo —protestó—. ¿Tuviste un matrimonio feliz con tu primera esposa a pesar de no conoceros? ¿Eso es lo que te hace confiar?

Él retiró la mano y la colocó sobre la palanca de cambio.

—Ella sabía lo que estaba en juego —dijo él—. Ambos nos casamos con el compromiso de mantener la paz en el país.

—¿Lo ves, Zafir? ¡Yo no puedo ofrecerte tal cosa! Solo puedo garantizarte problemas.

—Mi madre nunca ha venido a Q'Amara. Mi padre no lo consideraba un lugar seguro, pero por los comentarios que he oído con el paso del tiempo, sus actos se consideraron ofensivos. Espero que el hecho de que estés dispuesta a vivir aquí y a aceptar nuestra cultura, ayude a limar asperezas.

—Sí, bueno, has de saber que una cosa es aceptar un contrato de trabajo en otro país y otra distinta aceptar un país como si fuera el tuyo. Sobre todo, un país tan patriarcal.

—Dos o tres veces al año vamos a visitar a mi madre. Tú no tendrás que quedarte allí —dijo él—. Además, sé que vamos un poco atrasados respecto al tema de los derechos de las mujeres, pero los cambios nunca son repentinos. He aprendido a ir paso a paso. Y no puede estar haciendo cosas en todos sitios —añadió—. Mira el trabajo que hace Amineh. Tú podrías hacer lo mismo en Q'Amara. Eres brillante y se te da bien la educación. Eso me encantaría, Fern.

La idea la sorprendió. Ella pensó en la posibilidad de trabajar con mujeres para asegurar la salud de los hijos puesto que era algo de lo que todos se podían beneficiar. En unos instantes, la idea la entusiasmó.

–¿Tu primera esposa hizo algo parecido?

–No –dijo él–. Estaba embarazada. Tariq era muy pequeño. Ya te dije que era muy tradicional. No era como Amineh, que aunque estudió aquí estuvo expuesta a ideas diferentes. Sadira no estaba interesada en desempeñar un papel público.

–Tampoco tuvo tiempo, ¿no? Amineh me dijo que murió de cáncer.

–Así es.

–¿Llegaste a amarla? –se atrevió a preguntar.

–El amor pasional que se relaciona con el matrimonio es un concepto occidental.

«Zafir es más árabe que inglés, tienes que recordarlo, Fern», sintió que se le encogía el corazón. «Amineh siente amor», quiso decir.

Al cabo de un momento, llegaron a un camino que llevaba hasta una enorme casa con grandes ventanales. Zafir rodeó una fuente y aparcó el coche frente a las escaleras de la entrada. Apagó el motor y se volvió hacia ella mientras la lluvia golpeaba el techo del coche con fuerza.

–Sadira es la madre de Tariq. Yo lo quiero con todo mi corazón. Siempre sentiré respeto hacia ella por haber permitido que tuviera un hijo como él. Por ti siempre sentiré lo mismo, Fern.

–Me preocupa que a la larga llegues a no respetarme –admitió ella–. No soy una buena pareja para ti. No tengo una personalidad fuerte. Es evidente que puedes convencerme de cualquier cosa. No quiero sentirme como un felpudo y no quiero ver cómo te enfadas cuando me convierta en uno.

Él frunció el ceño.

—Eso me deja en una situación difícil –dijo él–. Si muestro mi desacuerdo contigo, me acusarás de tratar de convencerte. Hagamos una cosa, Fern. Pruébame. Te he visto luchar por lo que crees. Recordaré que un pequeño desafío significa mucho para ti, y veremos hasta dónde llegamos.

—Está bien –dijo ella, suspirando al ver que de nuevo se había dado por vencida.

Él sonrió. Estaba tan atractivo que a Fern se le cortó la respiración. Cuando él posó la mirada sobre sus labios, a ella le dio un vuelco el corazón.

Un destello hizo que ella mirara hacia la casa a través de la ventana llena de gotas de lluvia.

—Viene alguien –dijo ella, y agarró su bolso. ¿Había pensado en besarla? Se habría derretido si lo hubiera hecho.

—Quédate aquí –le ordenó él, al ver que ella se disponía a abrir la puerta.

Zafir salió del coche y le dijo algo al hombre que había salido a recibirlos con un paraguas.

Momentos después, el hombre estiró el brazo para protegerlos de la lluvia mientras Zafir la ayudaba a salir del coche. El cochero se acercó al maletero para sacar el equipaje y ellos se dirigieron hacia la casa.

—¿Esto es todo? –le había preguntado Zafir al ver que ella solo llevaba una maleta y una bolsa.

Ella tenía algunas cajas más en el trastero de la señorita Ivy.

–Son cosas personales de valor sentimental y no estaba preparada para desprenderme de ellas cuando mi madre murió. Nada que pueda necesitar –le explicó–. Quería empezar de nuevo cuando acepté el contrato en el extranjero.

Él no le había hecho ningún comentario al respecto. Solo había llevado sus cosas al coche mientras ella se despedía de la señorita Ivy. Fern había tranquilizado a su amiga diciéndole que aunque no estaba segura de si se casaría con Zafir, tenía que admitir que él estaba muy interesado en el bebé y que eso significaba mucho para ella. No podía mantenerlo alejado de la vida de su hijo a propósito.

La señorita Ivy, le había repetido que siempre estaría allí para ayudarla.

Al entrar en aquella casa que parecía un museo, Fern se preguntó si sería demasiado tarde para cambiar de opinión y salir corriendo, aunque tuviera que dormir en el sofá cama que se le clavaba cada noche en la espalda.

Un mayordomo salió a recibirlos y los saludó con una reverencia antes de recoger su abrigo. Zafir lo presentó como el señor Peabody.

–Le pediré a la señora Reid que prepare una habitación en el ala de invitados...

–La señorita Davenport se quedará en mi suite –lo interrumpió Zafir–. La acompañaré hasta allí ahora mismo. Por favor, dígale a mi madre que seremos cuatro para la cena.

–Por supuesto –contestó el señor Peabody. Hizo otra reverencia y desapareció.

Zafir llevó a Fern por una escalinata hasta la planta

superior. Después avanzaron por un pasillo lleno de retratos antiguos, vasijas y candelabros.

Su suite estaba en el lado suroeste de la casa principal y ocupaba tres plantas enteras.

—Mi madre lo reformó para cuando mi padre se quedaba con nosotros. Después de que él falleciera, ella no soportaba quedarse aquí, así que se retiró a sus viejos aposentos. Tariq tiene la planta de arriba para él solo. Yo no me molesto en tener sirvientes. Comemos en la casa principal, pero abajo hay una cocina con lavadora y todo lo demás.

—Y te conformas con ello —murmuró ella, paseando de un lado a otro del recibidor.

A la izquierda estaba el comedor con una terraza con vistas a la piscina exterior. Al otro lado, el dormitorio principal. Tenía la puerta entreabierta y ella se fijó en que estaba decorado con obras de arte moderno y colores tierra. La vista del bosque y del campo que podía contemplarse desde la ventana era sobrecogedora.

El cochero dejó la maleta al pie de la escalera. Al fijarse en su vientre abultado, esbozó una sonrisa y preguntó:

—¿Esto es todo?

—Gracias, James —contestó Zafir.

El joven hizo una reverencia y, cuando se disponía a marcharse, se percató de que sonaba su teléfono móvil. Ya casi en la puerta, se volvió y dijo:

—Disculpe, señor. He de informarle de que la señorita Calloway ha llegado. La señora Reid la acompañará hasta aquí. Quiere asegurarse de que la habitación de invitados está en orden. Además, su madre quiere hablar con usted.

—Deje la puerta abierta para Vivienne, dígale a la señora Reid que no vamos a utilizar la habitación de invitados y, por favor, informe a mi madre de que estaré ocupado hasta la hora de la cena.

James asintió y salió de allí, dejando la puerta abierta.

—¿Esto es una prueba? Acabas de decirle a un desconocido que voy a dormir contigo sin siquiera preguntarme primero —¡ni siquiera sabía si podía mantener relaciones sexuales!

—Es un poco tarde como para fingir que no hemos compartido la cama.

—¡Y un poco pronto para empezar a hacerlo otra vez!

—¿Qué quieres...? Es una cama grande —dijo él—. Sé que a lo mejor tenemos que esperar hasta que nazca el bebé, pero no es negociable dónde vas a dormir. No podremos hacer que esto funcione si estás en el otro lado de la casa.

—Pretendes que esto sea un matrimonio de verdad... Con sexo y todo eso —se sonrojó.

—Dijiste que no eres buena pareja para mí, pero en lo que a la cama se refiere, somos inflamables.

—No hay ninguna garantía de que eso continúe —contestó ella, cruzándose de brazos—. ¿Y si se acaba?

—¿Quieres que comprobemos si todavía perdura? —dio un paso hacia ella.

—No —contestó ella, dando un paso atrás. Apenas podía pensar cuando se imaginaba compartiendo de nuevo la cama con él.

Él se detuvo y la miró fijamente.

—¡A esto me refería, Zafir! No tengo ninguna defensa contra ti, sobre todo física. El matrimonio es una de las mayores decisiones que una persona toma en la vida. Mira dónde estoy por dejarme llevar por mis hormonas. ¿De veras quiero que el resto de mi vida se vea condicionada por el simple hecho de que me excitas?

–Entonces, ¿no quieres acostarte conmigo?

–¡Me gustaría tener una oportunidad para pensar en ello! –exclamó mientras conseguía descubrir qué puerta era la del baño y se dirigía hasta allí.

No llegó a ninguna conclusión hasta que no salió de nuevo a la habitación y encontró a Zafir hablando con una atractiva mujer de cabello moreno. Ella sonreía y pestañeaba como coqueteando con él.

El monstruo peligroso que Fern guardaba en su interior, despertó. «Es mío», pensó ella, y supo en ese mismo instante que estaba perdida. La idea de que él pudiera acostarse con otra mujer era terrible. Él le había dicho en el oasis que si no podía tenerla, ningún otro hombre la tendría. Pues si ella no lo aceptaba, alguien más lo haría.

La única manera de que pudiera asegurarse de que él no iba a hacer el amor con otra mujer, era permanecer a su lado.

–Aquí la tenemos –dijo Zafir al verla.

La supermodelo se volvió y miró a Fern de arriba abajo.

–Fern, esta es Vivienne Calloway, la estilista de Amineh.

–Encantada de trabajar para ti. Por favor, llámame Vivienne –dijo ella, y se acercó para estrecharle la mano–. ¿Puedo llamarte Fern? Amineh y yo tenemos mucha confianza y me ha pedido que te ayude en todo lo posible.

–¿Amineh? –repitió Fern, mirando a Zafir.

–Hablé con ella mientras cargaba tus cosas en el coche.

–¿Qué ha dicho? –preguntó Fern, con piernas temblorosas.

–Que necesitas algo para ponerte esta noche –contestó Zafir–. Nos arreglamos para cenar.

–Ella sugirió que te pongas el vestido azul que hay en su armario y, ahora que te conozco, estoy de acuerdo. El color resaltará tus ojos. Pruébatelo para ver si hay que arreglarlo.

Minutos más tarde, Fern llevaba puesto el vestido y Vivienne trataba de encontrarle unos zapatos a juego en una bolsa que había sacado del coche.

–Los zapatos para embarazadas son complicados, pero si esos te quedan bien, valdrán –le dijo, hablando de unos zapatos de tacón color plata–. Tendremos más posibilidades cuando no tengas los tobillos hinchados. Ahora túmbate y descansa mientras yo retoco el vestido y te preparo para peinarte y maquillarte.

Fern obedeció, en parte por agotamiento y, en parte, para escapar de lo que le estaba sucediendo. En las últimas horas toda su vida había cambiado y necesitaba asimilarlo.

No pretendía quedarse dormida, pero despertó al oír que alguien encendía la lámpara.

Vivienne sonrió.

–Te he dejado dormir todo lo que he podido. Descansar es lo mejor para ensalzar la belleza, pero es la hora de vestirte.

Fern permitió que la maquillaran y la peinaran. Se puso un conjunto de ropa interior de encaje de color azul y cuando terminó de vestirse y se miró en el espejo, pestañeó al ver a una desconocida.

Le habían disimulado las pecas con polvos de maquillaje. Le habían puesto brillo en los labios y recogido el cabello en una trenza con un lazo azul. Su aspecto era igual de modesto que siempre, pero dulcemente maternal y, además estaba muy guapa.

Estaba nerviosa y emocionada a la vez, por ver la reacción de Zafir.

Él vestía pantalón negro y camisa blanca con una pajarita negra. Se puso una chaqueta de color blanco y, mientras se la abrochaba, miró a Fern fijamente pero sin apasionamiento.

—¿No? —preguntó ella con nerviosismo.

—¿Sinceramente? —preguntó él.

—Sí —asintió ella.

—No disimules tus pecas. Y me gusta más tu cabello suelto, pero estás muy guapa —se acercó para besarla en la mejilla. Algo iluminó su mirada mientras se retiraba. Orgullo o posesividad. Quizá ambas cosas. Cuando él le mostró lo que tenía en la mano, le preguntó:

—¿Te pondrás esto? ¿Por favor?

Un anillo.

—Oh.

—Era de mi abuela británica. Mi primera esposa llevó uno que pertenecía a la madre de mi padre.

El anillo era un zafiro de color azul engarzado en oro blanco, y rodeado de diamantes en forma de flor.

Era elegante y carísimo. Fern no podía dejar de mirarlo.

—En mi país, los anillos de boda se llevan en la

mano derecha. ¿Te importa? —extendió la mano para que ella colocara la suya encima.

—Zafir, ¿estás seguro...?

—Yo tampoco puedo adivinar el futuro, Fern, pero por ahora sí, estoy seguro de que esto es lo que quiero. Estoy seguro de que tú eres lo que deseo. ¿Tú me deseas?

Ella no podía mentir.

—Yo sí —susurró ella.

Él sonrió aliviado. Como si ella lo hubiera hecho feliz.

Después, le colocó el anillo en el dedo y le besó el nudillo, provocando que se estremeciera. Quizá tuviera razón. Quizá fueran capaces de conseguir que el matrimonio funcionara.

Capítulo 8

ZAFIR estaba acostumbrado a sentirse completamente seguro de sí mismo. Deseaba creerse que Fern estaba realmente dispuesta a aceptar su anillo, pero por su manera de hablar acerca de que no tenía defensas, sobre todo físicas... ¿Pensaba que él podía forzarla? ¡Jamás! No había forzado a su primera esposa...

Aunque tampoco la había deseado tanto como deseaba a Fern. Incluso antes de encontrarla y de confirmar que estaba embarazada, él había sido incapaz de olvidarla y de dejar de desear que volviera a formar parte de su vida. De dormir con ella. De hacerle el amor una vez más.

Durante meses, Zafir había estado atormentado intentando luchar contra ese deseo, tranquilizándose únicamente cuando consiguió que Fern se sentara a su lado en el coche.

Ella tenía dudas acerca de mantener una relación íntima con él y no podía culparla. Él le había prometido que no la dejaría embarazada y que no perdería el trabajo, pero no lo había cumplido. Si ella prefería tener un matrimonio platónico mientras recuperaba la confianza en él, Zafir lo aceptaría, pero no tenía claro que no le resultaría sencillo.

Mirándola pensativo, le dijo:

–Anímate. Ninguno de los dos defendemos la idea de tener un bebé fuera del matrimonio.

–Más bien un bebé de lujo –comentó ella, sorprendiéndolo con su comentario superficial–. Me he fijado en el dibujo del parqué. Esta casa es impresionante.

Era una casa de campo comparada con el palacio de Q'Amara, pero Zafir no dijo nada.

–Creo que me sentará bien estar a tu lado, Fern –le dijo cuando llegaron a la puerta de la sala de música–. Haces que recuerde que no debo dar por hecho que siempre tendré las cosas que valoro –la miró fijamente.

En esos momentos, el señor Peabody abrió la puerta para salir de la habitación con una bandeja vacía y, al verlos, dio un paso atrás para dejarlos pasar.

No era habitual que él llevara mujeres a aquella casa. Y menos que las alojara en sus aposentos. Además, que ella estuviera embarazada era el motivo por el que su madre quería haber hablado con él a su llegada.

Su abuelo estaba sentado en su butaca favorita. Iba vestido con un traje negro y la cadena de su reloj de oro colgaba de su bolsillo. La madre de Zafir llevaba una falda de terciopelo negro y una blusa blanca.

Su abuelo no demostró su sorpresa al verlos entrar, a pesar de que Zafir había llegado a la casa sin avisar.

–¿Cuál es esa cita ridícula que dijo un jugador de béisbol americano? –preguntó el abuelo–. ¿Algo acerca de un déjà vu?

La madre de Zafir miró a su padre fijamente y después a su hijo.

–Estaría bien si fueras tú quien me diera las noticias en lugar de los sirvientes –dijo ella.

–¿Te dijeron que estaba comprometido? ¿Cómo podían saberlo si Fern ha aceptado mi propuesta hace unos minutos? Abuelo, Madre... Os presento a Fern Davenport, mi prometida.

Zafir mencionó sus títulos, pero su madre extendió la mano para que se la estrechara y dijo:

–Llámanos William y Patricia, por favor. Ahora recuerdo que mi hija ha contestado a mi llamada con un mensaje. Me dijeron que estaba indispuesta –se fijó en el vestido que llevaba Fern–. Me he acordado ahora, cuando he oído el nombre Davenport –comentó con condescendencia.

–¿Sus nietas hablaron de mí? –preguntó Fern, sonrojándose–. Las he echado de menos. ¿Espero que estén bien?

–No he hablado mucho con ellas, pero sí están bien. Recibiendo clases de baile.

–¿Conoces a las niñas? Perdona que no me levante. Tengo gota.

–Fern –Zafir le ofreció una silla para que se sentara.

Ella sonrió para darle las gracias y se sentó mientras contestaba al abuelo.

–Amineh me contrató el año pasado para enseñar Inglés a las niñas. Viví con ellas unos seis meses.

–¿De veras, Zafir? –dijo Patricia en voz baja–. ¿Con la institutriz?

–Es un poco tarde para criticar con quién se tienen los hijos, ¿no crees, madre? –contestó Zafir en voz alta para que lo oyera Fern.

–Entonces, ¿vamos a hablar abiertamente? –preguntó la madre, quitándose los guantes–. Porque tengo que preguntarte si es tuyo.

–No te ofendas, Fern –dijo Zafir, sin dejar de mirar a su madre–. Es tradición familiar. Mi abuelo le dijo lo mismo a mi padre.

–Es cierto –dijo el abuelo–. Lo hice –levantó su copa y la inclinó hacia la madre de Zafir–. Mis tres hijas han sido muy atractivas. El padre de Zafir no fue su primer hombre

–No, mi primer hombre fue tu abogado –dijo la madre de Zafir con una falsa sonrisa.

–Si os quedáis más tranquilos, le haremos la prueba de paternidad cuando nazca, pero estoy bastante seguro de que es mío –dijo Zafir, y miró de nuevo a su madre–. Vas a tener otro nieto. Pensé que estarías encantada.

–Eso también lo he oído antes –dijo él abuelo con sarcasmo–. Espero que te sientas orgullosa de ti misma –le dijo a su hija, provocando que se enfureciera aún más.

–¿Y cómo puede ser culpa mía? –preguntó ella, indignada–. Yo no la he dejado embarazada.

–No, pero insististe en que las niñas de Amineh estudiaran Inglés.

–Aquí. Yo quería que estudiaran aquí. No que contratara a alguien... –miró a Fern.

Fern estaba muy quieta, con las manos entrelazadas sobre el regazo.

A Zafir no le gustaba que tuviera que pasar por esa situación, pero si no hubiese crecido enfrentándose a los que lo habían criado, no habría tenido esa personalidad tan fuerte.

–Ella lo hizo para complacerte –señaló el abuelo antes de que Zafir pudiera intervenir–. Esta chica nunca lo habría conocido si tú no hubieses interferido.

–Tiene gracia –dijo Zafir.

–No la tiene –contestó la madre–. Y aunque yo tenga cierta responsabilidad porque ella contratara a alguien, tú no deberías haber permitido que una oportunista...

–Habla con Ra'id antes de decidir quién se aprovechó de quién, madre –la interrumpió Zafir, y colocó la mano sobre el respaldo de la silla de Fern–. Él era el responsable de la virtud de Fern mientras ella estaba bajo su techo y no fue capaz de salvaguardarla. Ahora apenas me dirige la palabra.

Fern miró a Zafir con el ceño fruncido.

–¿De veras? ¿No está disgustado conmigo por ser un ejemplo terrible para sus hijas?

–Su abuela es un ejemplo terrible para las niñas –contestó él–, pero no, en parte se está aprovechando de la oportunidad de vengarse de mí por todos los años que ejercí de protector de Amineh. Además, sabe que tú no eres una mujer de mundo. Está realmente enfadado conmigo y siente remordimientos hacia ti. Te aseguro que te pedirá disculpas la próxima vez que te vea.

–¡No es necesario! –insistió ella–. Me alegro de que no estén enfadados conmigo. Me encantaría volver a ver a Amineh y a las niñas.

–Ella también está deseando verte –le aseguró él, y le retiró los mechones de pelo que caían sobre su hombro–. Debería haberte explicado que cuando venimos aquí varias veces al año, Amineh y yo tratamos de coincidir. Si no viene a vernos primero a Q'Amara, intentamos...

–Zafir –lo interrumpió la madre–. No vas a casarte con ella. ¿Qué ha pasado con el matrimonio que estabas concertando con la hija de ese agitador?

–Ra'id sugirió que su primo sería una pareja mejor para su hija –dijo Zafir–. Como favor personal hacia su familia, me he quitado del medio. Mis motivos verdaderos se harán evidentes en cuanto anunciemos nuestro matrimonio –le dijo a Fern–. Es una buena alianza para ambos lados, el primo es casi de su edad y el padre de la chica podrá conseguir la influencia que tanto desea. Espero que todo salga bien.

–Eso no significa que vaya a suceder –dijo la madre. Eso no significa que tengas que casarte... Y no estoy siendo elitista –se dirigió a Fern–. Mi hermana se casó con un enfermero, así que comprendo que es una cuestión de gustos.

–Al menos se casó con él –dijo el abuelo de Zafir.

–Bueno, yo no podía casarme ¿no? –soltó la madre–. Todo lo que nos preocupaba que pudiera pasar, pasó. ¿Que si me casaría con él si pudiera? Sí. No obstante, si lo hubiera hecho estaríamos todos muertos. Así que, no, Zafir, no te casarás con esta mujer inglesa. No querrás removerlo todo otra vez, y dejarme aquí, asustándome cada vez que suene el teléfono. Fern, te quedarás a vivir aquí –le dijo–. Sé que he dicho algunas cosas que te habrán ofendido, pero eres madre y comprenderás el instinto de protección hacia nuestros hijos. Eso siempre perdura, por muy mayores que se hagan o por muy cabezotas que sean. Además, ya has visto que el ala suroeste está muy apartada. No nos estorbaremos la una a la otra. Y yo disfrutaré de tener a uno de mis nietos tan cerca.

–No he venido a pedir permiso, madre.

–Aun así, no te lo concede –el abuelo se terminó la copa y la dejó sobre la mesa–. Tu madre estará muy preocupada, Zafir. ¿Cómo puedes pensar en hacerle eso otra vez? ¿Y el bebé? No puedes ponerlo en peligro de esa manera. La situación de Amineh es diferente. No. Cásate con esta chica, estoy de acuerdo en que debes hacerlo, pero déjala aquí.

–No. No te cases con ella. Te convierte en objetivo... –dijo Patricia, alzando la voz.

–No vais a mantener a mi esposa y a mi hijo alejados de mí –dijo él, y apoyó la mano sobre el hombro de Fern para darle seguridad.

–No vamos a mantener a nadie alejado de ti –dijo su madre enfadada–. Ojalá, tu hermana y tú dejéis de comportaros como si vuestro padre y yo os negáramos la posibilidad de estar juntos cuando era un acuerdo necesario que funcionaba...

–¡Para mí no funcionaba! –exclamó Zafir, con tanta fuerza que se hizo un gran silencio.

Su madre palideció y miró a otro lado.

–Zafir. Tu padre y yo no congeniábamos mucho, pero nunca dudé de su amor hacia tu madre. Él quería llevársela a Q'Amara. No era seguro. Tuvo que dejarla aquí y ni siquiera pudo casarse con ella. Era demasiado para tu pueblo. Él tuvo que mantenerla aquí como si fuera una amante. Tú debías haber estado con él cuando lo mataron. No permitiré que nos hagas pasar por eso otra vez. Ella se quedará aquí –dijo señalando a Fern.

–¿Crees que si considerara que todavía existe el mismo riesgo pondría en peligro a mi esposa y a mi hijo? –preguntó Zafir.

Su madre sacó un pañuelo de papel de una caja que había sobre una mesilla.

—¿Era tan horrible vivir entre dos sitios? —preguntó dándoles la espalda mientras se secaba los ojos.

Zafir se acercó a su madre y la agarró por los hombros.

—Si hubieseis pensado que era posible vivir juntos, ¿no lo habríais intentado?

—Detesto cuando hablas con la misma seguridad que él —dijo ella, retirándole las manos.

Zafir se acercó a su abuelo para ayudarlo a ponerse en pie. Y cuando le tendió la mano a Fern, ella bajó la mirada.

Eso lo inquietó. Si ella se negaba a marcharse con él, no sabría qué hacer.

Sujetándola por la barbilla con delicadeza, le dijo.

—No te llevaré a ningún sitio donde considere que tu vida puede correr peligro, Fern. Espero que en eso sí confíes en mí.

—¿El parto no cuenta? —dijo ella con una sonrisa irónica.

Él no se rio. No podía. ¿Qué le había hecho a aquella mujer?

—Era una broma —dijo ella.

—Era una venganza por no haber tenido cuidado contigo, y me la merezco —dijo él, furioso consigo mismo. No paró de darle vueltas en toda la comida.

Para alivio de Fern, Zafir terminó la comida diciendo que tomarían el café en su habitación. En cuanto cerraron la puerta de sus aposentos, ella preguntó:

–¿Lo has hecho por mi bien? ¿Tengo aspecto de estar tan cansada como me siento?

–Yo estoy agotado –contestó él–. El jet lag empieza a afectarme. Y tú has tenido un día muy largo. Siento haberte hecho pasar por todo eso

–He dormido siesta –le recordó ella–. Estoy cansada, pero es cansancio social. Me siento como si hubiera hecho la entrevista más larga de mi vida. ¿Te importaría ayudarme? –le mostró la cremallera de la espalda.

–A mi abuelo le has caído bien –le dijo Zafir.

–¿Quién es Esme? –el abuelo había llamado así a Fern en un par de ocasiones.

–Mi abuela. No te pareces nada a ella. Era más bajita, tenía el cabello oscuro y los ojos como los míos, así que creo que se había tomado demasiados whiskys, pero creo que le has recordado a ella porque también era callada y considerada como tú. El resto aprovechamos la ocasión para adelantarnos a los demás y tomar el control. Ella siempre estaba calmada y pensaba antes de actuar –le desabrochó el vestido y ella se estremeció al sentir el roce de sus dedos.

–Yo no estoy calmada, estoy aterrorizada –admitió.

–¿Por venir conmigo a Q'Amara? –le tocó el hombro para que se volviera hacia él.

–En general, pero... –el nerviosismo de su madre se le había contagiado. Durante todo el tiempo en que había tenido que contestar montones de preguntas acerca de dónde se había criado y a quien había conocido, había estado pensando en dónde quería Zafir que durmiera y en qué futuro le esperaba.

En ese momento, una patada del bebé la hizo volver a la realidad.

—¿Estás bien? –preguntó Zafir.

Ella se rio.

—Me parece que nuestro hijo también va a tener mucho carácter –bromeó ella.

—¿Puedo...? –preguntó Zafir levantando las manos para tocarle el vientre.

—Yo... Por supuesto –dijo ella, temblorosa–. Ese es el trasero. Y aquí es donde... ¡Uy! ¿Lo has notado? Debe ser una rodilla...

—¿No te hace daño? –la acarició donde le había dado la patada el bebé.

Ella se encogió de brazos.

—En realidad, no. Me pilla por sorpresa. Y me despierta a veces. Sinceramente no creo que ninguno de los dos podamos dormir si yo...

—Shh –dijo él–. Debe de ser muy extraño –dijo él mientras le acariciaba el vientre–. ¿Ya has conseguido hacerte a la idea? Lo que está ahí dentro es nuestro bebé. Lo noto, pero me cuesta creerlo. ¿Estás asustada por el parto?

—Sí –admitió ella, sonriendo. No es que tenga miedo de algo en concreto. Solo nerviosa. He leído demasiados libros acerca de lo que puede ir mal y no puedo evitar preocuparme por lo que le pasaría al bebé si así fuera. Y la señorita Ivy... Bueno, a lo mejor tú... ¿Quieres entrar en el paritorio conmigo?

—No se me había ocurrido... Sí, sí quiero. ¿Tú quieres que entre?

—Sí. Sin duda. No se me había ocurrido hasta ahora, pero creo que me sentiré mucho mejor sabiendo que estás ahí para que todo vaya bien. Por favor, entra conmigo.

–Por supuesto, Fern. Claro que estaré a tu lado –dijo con una amplia sonrisa mientras la abrazaba por la cintura.

Fern estaba a punto de estallar de felicidad.

–¿Y hay clases o algo? –preguntó él–. Supongo que los hombres no sirven para mucho. Imagino que lo que tenemos que aprender es a quitarnos del medio.

Fern se rio.

–La señorita Ivy me acompañaba a las clases, pero ¿tú no fuiste con tu esposa cuando iba a nacer Tariq?

Él retiró las manos de su vientre.

–No. Ella eligió que le hicieran una cesárea. Su médico es mundialmente reconocido. Puedo llamarlo para asegurarme de que puede llevar el seguimiento de tu embarazo, si te dan permiso para viajar.

–Llámalo –convino ella–. Si puedo viajar, creo que estaría bien tener el bebé allí. Así no habrá dudas sobre su nacionalidad.

Él asintió, sonrió y le acarició la mejilla con el pulgar.

–Esto va a funcionar, Fern.

Ella esperaba que fuera así.

Zafir estaba preparado para irse a la cama.

La noche anterior había sido difícil. Sin más debate, Fern se había metido en su cama mientras él estaba hablando por teléfono.

Después, él se había metido en la cama a su lado y había intentado dormir.

—Siento no dejarte dormir —murmuró ella, una de las veces que se despertó—. ¿Quieres que me vaya a dormir a otro sitio?

—No. Si quisiera podría encontrar otra cama —se acercó a ella—. ¿Te duele la espalda?

—No, pero es como si en mi cuerpo ya no cupiera nada más que el bebé —bostezó y añadió con un susurro—. Estoy confusa. Cuando me despierto y te veo a mi lado me creo que estoy en el oasis y pienso: ¿cómo puedo estar embarazada? Es agradable dormir contigo otra vez. Te he echado de menos.

Volvió a quedarse dormida, y Zafir se quedó despierto y lleno de deseo. Era muy agradable tenerla a su lado. Él también la había echado de menos.

Después, estuvieron ocupados toda la mañana. A Fern le realizaron una revisión médica completa antes de que un funcionario fuera a casarlos mediante una ceremonia privada a la que solo asistieron la madre y el abuelo de Zafir. Aunque quedaron en que en verano celebrarían un banquete con otros invitados. Después se hicieron fotos para la prensa y comieron durante el vuelo a Q'Amara antes de que Fern se quedara dormida en la sala de reuniones. Él se quedó contestando emails y tratando de evitar la conversación que le daba la enfermera que había contratado para viajar con ellos.

Él había calculado que la noticia de su boda llegaría a la prensa justo antes de aterrizar.

Debía dormir un rato, antes de que hubiera demasiada demanda para hacerle entrevistas y estuviera ocupado durante horas.

Aunque dormir no era el motivo por el que deseaba irse a la cama.

No, después de haber buscado información en la tableta, necesitaba que alguien confirmara lo que había leído. Esperó a que Fern se hiciera el examen médico y se alegró de oír que tenía una salud excelente y que se encontraba bien para poder viajar. Después, el doctor Underhill se adelantó a su pregunta y dijo:

–Y puesto que supongo que cualquier novio en tu situación querría saberlo, Zafir, te evitaré la pregunta. Fern, si te apetece, es perfectamente seguro hacer el amor.

Por supuesto, ella se sonrojó. Zafir continuó hablando sobre cómo transferir su historial médico al especialista que iba a tratarla en Q'Amara. Después no comentó nada sobre la afirmación del doctor Underhill.

No obstante, cuando se besaron para sellar su matrimonio, él notó que ella respondía como una flor del desierto ante las gotas de lluvia. Desde entonces, el deseo lo invadía por dentro.

Si hubiese podido escapar del mundo y seducirla, lo habría hecho, pero aunque no debía rechazar las entrevistas, había una persona a la que sin duda tenía que atender.

–¿Dónde está ella? –preguntó Tariq nada más entrar en el apartamento privado de Zafir.

Zafir había dejado a Fern allí sugiriéndole que pusiera los pies en alto mientras él iba a buscar a Tariq. Cuando regresaron, la enorme habitación estaba vacía. Ella no estaba por ningún sitio. Ni en la cama con dosel, ni en el vestidor, ni en la sala de lectura, ni en la biblioteca. En la sauna y en el jacuzzi, tampoco.

Zafir comenzó a inquietarse al ver que la llamaba y no contestaba. Se percató de que Tariq iba de un lado a otro llamando a la señorita Davenport, pero Zafir estaba más preocupado por su estado que por si la llamaban por su nombre de soltera en lugar del de casada.

–Probablemente haya ido a su habitación en el harem –dijo Tariq, riéndose al pensar en que debería habérsele ocurrido antes.

Tariq abrió las puertas que llevaban hasta un pasillo que comunicaba con el harem. En él se encontraban las habitaciones reservadas para las mujeres de la familia: hijas, hermanas, madres. Esposas.

Zafir no encontró a su esposa en la habitación de lujo que estaba reservada para la esposa número uno. Fern contestó a la llamada de Tariq y se asomó por la puerta de la habitación más lejana, la que solía utilizar la madre del novio.

Ella no los miró mientras se acercaba a ellos. Llevaba un vestido plateado y un jersey. Al verla, Zafir no pudo evitar contener la respiración, asombrado.

–¡Tariq! Me alegro de verte –dijo ella.

–Estás... Diferente –dijo el niño.

–No lo dudo –contestó ella, mirando a Zafir con complicidad.

–¿Te ha contado tu padre por qué estoy aquí? –preguntó ella, acariciándose el vientre.

–Sí. Y quería saber... ¿esperas que te llame mamá? –Tariq se cruzó los brazos y esperó su respuesta.

Fern lo miró sorprendida.

–Oh, no he...

–Sí –la interrumpió Zafir.

Ella se quedó desconcertada, pero miró a Tariq con una sonrisa.

–Me gusta saber que has pensado en mí como una madre, Tariq –le dijo con sinceridad–. Si tu padre quiere que tú me presentes como tu madre y que me llames así en público, hazlo. No obstante, para mí es más importante que si lo haces en privado sea porque tú lo has decidido. Hasta que estés seguro, a lo mejor puedes llamarme Fern.

–Es una buena idea –dijo Zafir, dispuesto a demostrarle que su intención era contar con su opinión–. Llámala Fern hasta que te sientas seguro de llamarla de otra manera –le dijo a Tariq.

–No era eso a lo que me refería –dijo Tariq un poco irritado. Me refería a si tengo que llamarte mamá en lugar de madre. Suena a bebé. No puedo llamarte por tu nombre. Sería confuso para mi hermano o hermana. E irrespetuoso.

–Sí, supongo que tienes razón –dijo Fern, apretando los labios para no reírse–. Entonces, sí. Estaré encantada de que me llames madre. Si tú estás seguro.

–Estoy seguro –dijo Tariq–. No recuerdo a mi madre y tú me caes muy bien. Me desilusioné mucho cuando fui a ver a mis primas y tú ya no estabas –miró a Zafir–. ¿Puedo llamarlas y decirles que ahora la señorita Davenport es mi madre?

–Puedes escribirle un mensaje a tu tío y preguntarle cuando sería un buen momento para mantener esa conversación –le dijo–. Después, debes volver a clase.

–¿Seguirás enseñándome tú? –preguntó él, volviéndose hacia Fern.

–Creo que dentro de muy poco estaré ocupada con el bebé, pero siempre me interesará lo que estudias. Por favor, pregúntale a tu tutor si podría asistir a tus

clases de vez en cuando, especialmente a las de Lengua
e Historia, y así aprenderé también.

Tariq asintió y se dirigió hacia el pasillo principal
que llevaba al palacio. De pronto, se volvió y se
acercó a Fern para darle un abrazo.

–Oh, um... –dijo ella, al sentir que perdía el equili-
brio cuando él la rodeaba por el cuello y la besaba en
la mejilla.

Enseguida, Zafir le tendió la mano para estabili-
zarla.

–Me alegro mucho de que seas mi madre –dijo Tariq–. Mis primas estarán muy celosas –añadió con una
sonrisa antes de marcharse corriendo.

–Oh –dijo Fern, llevándose la mano al corazón–.
No me esperaba esto.

–¿El beso o que nos tratara como si fuéramos medio tontos?

Ella se rio.

–El hecho de que me haya hecho sentir como si
fuéramos familia. Nunca he tenido tal cosa. Significa
mucho para mí.

Al ver que se le llenaban los ojos de lágrimas, Zafir
deseó abrazarla. Por supuesto que deseaba acariciarla
y poseerla una y otra vez, pero también deseaba algo
más. Sostenerla entre sus brazos, oler su cabello, y
sentir que formaba parte de su vida.

¿Cómo podía significar tanto para él cuando apenas la conocía?

Ella percibió algo en su mirada y se volvió rápidamente hacia las escaleras que llevaban hasta una piscina rodeada de plantas y bancos.

–Este lugar es increíble. Puedes imaginarte cómo era... ¿Cuándo se construyó?

–Hace quinientos años. Y sí. De pequeño solía fantasear acerca de cómo debía de ser este lugar –recordaba que solía imaginarlo lleno de mujeres desnudas.

Ella sonrió como si hubiera leído su pensamiento.

–Sin embargo, los días en los que prefería la cantidad a la calidad han pasado –le aseguró.

Fern se sonrojó.

–¿Estás seguro? Hay montones de habitaciones preparadas para recibir a mujeres de todos los tipos.

–¿Por eso estás aquí? –preguntó él–. ¿Has venido a comprobar que no tengo a ninguna mujer escondida?

–No sabía a dónde venía cuando empecé a cotillear la casa. ¿No se supone que es aquí donde debo estar? ¿Y por qué estás tú aquí? ¿No está prohibido? Eso es lo que *harem* significa, ¿no?

–La mayor parte de los occidentales cree que significa *burdel* –le gustaba su manera de sonreír. Tenía la sensación de que estaba coqueteando con él, tímidamente–. Soy el jeque. En este palacio no hay nada prohibido para mí.

Fern se sonrojó.

–¿Estas habitaciones son para los niños? –preguntó ella, al ver que había literas.

–Los hijos de las esposas se quedaban con sus madres. Las chicas se mudaban a su propia habitación en cuanto quedaba una disponible. Los niños se marchaban del harem hacia los siete años. Yo saqué a Tariq cuando murió su madre, puesto que solo estaba su niñera para vigilar que se cayera en la piscina de aquí

–Entonces, ¿todas esas habitaciones eran para los sirvientes? –preguntó ella.

–Para las concubinas y los eunucos –explicó él.

–Ah, claro –se sonrojó ella–. Esta es muy grande –comentó al entrar en otra habitación.

–Estaba reservada para la favorita del sultán. Te habrás fijado en que aparte de la habitación de la primera esposa, es la que más cerca está de los aposentos del jeque. Y todas las que iban a visitarlo tenían que pasar por la puerta de la esposa.

Zafir se acercó a Fern y ella bajó la mirada y dio un paso atrás. No era la primera vez que lo hacía desde que estaban en el harem.

–Fern –dijo Zafir–, tenemos que hablar sobre lo que dijo el doctor de hacer el amor.

Ella se cruzó de brazos.

–¿Quieres hacerlo?

–¿Que si quiero hablar? ¿O si quiero hacer el amor? Si no te apetece estoy dispuesto a esperar a que nazca el bebé, pero sí, me gustaría hacer el amor contigo.

–¿Aunque esté tan gorda?

–No estás gorda. Estás preciosa –dijo él–. ¿Por eso dudas? ¿Te da vergüenza?

–Sí –contestó ella–. Porque me parece muy fuerte sentir lo que siento por ti estando en mi estado.

Él estuvo a punto de reírse aliviado, pero se contuvo al oír las palabras que Fern dijo después:

–Y pecado si solo es deseo.

Capítulo 9

NO ESPERO que me quieras –añadió Fern rápidamente, anhelando que fuera así.

Fern lo amaba. No era una sorpresa. Lo sabía, pero en cierto modo se había convencido de que no podía ser. Que un sentimiento tan intenso podía desaparecer con facilidad. No había sucedido. Llevaba a su hijo en el vientre y, durante todo el tiempo que había estado separada de Zafir, se había acordado de él.

–Fern.

–Está bien –insistió ella–. Apenas nos conocemos. ¿Cuándo hemos tenido tiempo para hablar?

Habían estado muy ocupados tratando de silenciar los gemidos de placer.

–Ahora estamos casados, así que no es pecado sentir esta atracción tan primitiva, pero ¿es suficiente? ¿Fue suficiente para ti y tu esposa?

–Tú eres mi esposa –dijo él, y suspiró.

Después, en lugar de dirigirse por el pasillo hasta sus aposentos, la agarró del codo y la llevó hasta la habitación más cercana.

–Aquí es donde tenía que dormir Sadira si no dormía conmigo. El otro día te dije que puesto que me había dado a Tariq nunca hablaría mal de ella. Lo decía en serio –la miró de reojo–. Ella permitió que su padre la convenciera para que se casara conmigo por el bien del país. Yo creía que pensaba como yo. Que éramos una pareja de conveniencia y que nos respetábamos lo necesario como para tener una buena relación.

—Yo siento que tú y yo tenemos eso —dijo ella—. ¿Tú no?

—Tenemos mucho más de lo que teníamos ella y yo. Una de esas cosas... —miró al suelo antes de volverse hacia ella—. Fern, ¿te molesta que solo sea medio inglés?

—¡No! Por supuesto que no. Ni siquiera lo he pensado. Solo me preocupa desde el aspecto político. Por ese tipo de cosas que se preocupa tu madre. Es evidente que sería estupendo si todo el mundo superara los prejuicios y nunca se excluyera a alguien por el color de su piel o por motivos superficiales. A mí me gustaría no ser inglesa. Si fuera árabe, podría ayudarte en lugar de ser un problema.

—No desees ser algo que non eres. Sobre todo cuando no puedes cambiar las circunstancias de tu nacimiento. Yo no pude deshacerme de mi parte inglesa y Sadira tampoco podía hacer nada con ella. De hecho, he llegado a pensar que se sentía sucia por tener una relación conmigo.

—¿Qué? ¡No! —exclamó Fern.

Él la miró y ella vio dolor en su expresión.

—¿De veras lo crees? —preguntó ella.

Él se pasó la mano por el rostro.

—Se negaba a acostarse conmigo. Apenas me hablaba. Después de que naciera Tariq, permaneció en su zona del palacio y, me temo, que no permitió que le diagnosticaran el cáncer porque lo veía como su única escapatoria.

—Eso es... ¡No! Aquí el divorcio es legal, ¿no?

—Nunca me lo habría pedido. Las mujeres divorciadas no están bien vistas, es como si hubieran hecho algo mal. Y ella ya se había rebajado al casarse conmigo.

—¿Cómo podía pensar de esa manera?

—Por lo que yo era. Ilegítimo y con sangre impura. Cumplió con su deber de darme un hijo, pero era como si él la hubiera contaminado. No le dio pecho, no se ocupaba de él. Yo le cambiaba los pañales y le daba los biberones, igual que la niñera.

—Amineh dijo que siempre hablabas de ella como si la hubieras amado...

—Amineh no tiene ni idea. Nadie lo sabe ¿Crees que quiero que Tariq se entere de que su madre no sentía nada hacia él?

—Oh, Zafir. Nunca le diré nada acerca de ello, lo prometo. No obstante, creo que nadie podría despreciaros por nada, y menos por algo que ni siquiera podéis evitar.

Él no contestó, simplemente miró hacia el harem y apretó los dientes.

—Entonces, ¿no intentasteis tener más hijos? Quieres mucho a Tariq. No puedo creer que no quisieras tener más.

—No podía ni intentarlo. Nuestra noche de bodas fue extraña. No nos conocíamos. Ella era virgen. Yo intenté hacerlo con delicadeza. Paré más de una vez, consciente de que ella no estaba respondiendo, pero ella insistió... —cerró los puños a ambos lados del cuerpo—. Pensé que la segunda vez sería mejor, pero me sentí como una especie de monstruo. Me marché antes de ni siquiera desnudarnos. No podía averiguar dónde me había equivocado. Sufrí durante semanas. Después, cuando por fin reuní fuerzas para hablar de ello con ella, resultó que estaba embarazada y me dejó claro que no había necesidad de que volviera a tocarla. Me dio un hijo y, aparte de una noche que Tariq fue al hospital por una fiebre muy alta, nunca volvió a ofrecerse a mí.

—¿Qué quieres decir? ¿De veras fue a pedirte...? ¿Qué le dijiste?

—Le pregunté si quería tener otro hijo. Me dijo que no. Entonces, le dije que esperaba que Tariq estuviera bien. Lo estaba.

—Parece como si fuera mala —dijo Fern.

—No creo que fuera capaz de sentirse atraída por mí. El mundo está lleno de prejuicios y yo he sido víctima de ellos por ambos lados de mi vida. Sé lo que parece, y es lo que era. Ella estaba presionada a casarse conmigo por mi posición, y por la ganancia política de su padre. Se consideraba una mártir.

—Zafir, lo siento mucho —se acercó a él y colocó la mano sobre su brazo—. Me cuesta creer que pueda haber alguien que no se dé cuenta de lo maravilloso que eres y que no se sienta privilegiado de estar a tu lado.

Zafir se emocionó y la rodeó por la cintura, la estrechó contra su cuerpo y la besó en la sien.

Ella cerró los ojos, y por primera vez sintió una potente conexión emocional con él. No solo sexual. Era una sensación sanadora. Amor.

Consciente de que bajo la tela de su túnica estaba

su torso musculoso, al percibir su aroma masculino, Fern notó que su cuerpo reaccionaba.

Avergonzada por su respuesta inmediata, se retiró una pizca de su lado.

–No te vayas –murmuró él, y la sujetó por la barbilla para que lo mirara–. Teniendo en cuenta todo lo que te he contado, has de saber que para mí es muy importante que te sientas atraída físicamente por mí. No me lo ocultes. Aunque lo único que sientas sea deseo, Fern, me alegro de que sea así.

Ella se esforzó por sostenerle la mirada.

–Es amor –susurró, sintiéndose como si hubiera desnudado su alma–. Creo que sucedió en el oasis. Por eso tenía tanto miedo de decirte lo del bebé. No podía soportar que me odiaras cuando parecía que te gustaba un poco...

–Mucho –la corrigió él, sujetándole el rostro con las manos–. Ah, Fern... Yo también me he enamorado. Y no podía admitirlo. No, porque me convertía en un hombre como mi padre.

–Lo si...

Zafir colocó un dedo sobre sus labios para acallarla.

–Siento haber perdido tantos meses cuando podíamos haber estado juntos. Pensaba que debía ser capaz de controlar mis sentimientos, sobre todo si solo era amor, pero no fui capaz. No puedo. Eres todo lo que deseo, la única mujer en la que puedo pensar.

–Oh, Zafir... –se puso de puntillas para besarlo.

Él la sujetó por el cabello y la besó de forma apasionada.

Ella cerró los ojos, dejándose llevar por el placer de que él la besara otra vez.

Zafir cerró la puerta de la habitación y se sentó en una butaca, colocando a Fern a horcajadas sobre su regazo.

—¿Estás bien? —murmuró mientras le mordisqueaba el labio y le levantaba la falda para acariciarle el trasero.

Fern se agarró a sus hombros y lo besó mientras le acariciaba la nuca.

—Peso mucho —dijo ella, pero él no permitió que se retirara.

Zafir se rio y la besó en el cuello. Después continuó descendiendo hasta sus senos. Ella suspiró y, cuando él la besó en el lugar exacto, se derritió.

Un fuerte sentimiento de felicidad la inundó por dentro al sentirlo cerca, inhalar su aroma masculino y volver a acariciarlo. Era algo más intenso que la atracción sexual. Amor.

Intentó retirarle la túnica, pero estaba sentado sobre ella. Él intentó ponerla en pie y levantarle el vestido al mismo tiempo.

—No, me da vergüenza —protestó—. La luz... Solo quería verte y besarte... —se arrodilló sobre la alfombra y le levantó la túnica, dejando las piernas al descubierto y acariciándoselas.

Él se quitó la túnica y trató de que ella se sentara sobre él otra vez, pero Fern permaneció arrodillada y le acarició los muslos.

—Nunca te he visto desnudo —murmuró, mirándolo tímidamente antes de posar la vista sobre su miembro erecto.

—Entonces, mírame, pero yo quiero hacer lo mismo después. Te quiero, y voy a demostrarte cuánto.

Ella lo acarició y se inclinó hacia delante. Sonrió y rodeó el miembro de Zafir con la boca.

Él arqueó la espalda un poco, para acercar su miembro a la lengua de Fern.

–No duraré mucho –le dijo, antes de comenzar a gemir de placer–. Te estoy mirando –susurró–. Solo te sentía cuando me hacías esto en la oscuridad, pero te encanta hacerlo, ¿verdad?

Ella lo miró con complicidad, contándole cómo disfrutaba dándole placer.

–¿Estás cómoda en esa postura?

–Sí... –dijo ella–. No quiero parar.

–Yo tampoco –sonrió él–. Quédate donde estás.

Zafir se puso en pie, y se colocó detrás de ella, apoyando una mano sobre el hombro de Fern al ver que ella trataba de ponerse en pie. Se agachó junto a ella y metió las manos bajo su falda, para quitarle la ropa interior.

–¿Quieres hacerlo así? A lo mejor, si la luz estuviera apagada... –protestó ella.

–Levanta la rodilla, *ya amar* –le quitó la prenda y le acarició el trasero–. Tienes pecas por todos sitios –sonrió–. Temía que nunca lo descubriría. ¿Estás tan excitada como yo?

Ambos suspiraron cuando él le acarició la entrepierna y vio que estaba muy húmeda. Ella apoyo el rostro en la butaca y acalló un gemido de deseo.

–No –dijo él, sin dejar de acariciarla–. Quiero oírte. Ya no tenemos que mordernos la lengua.

–Puede venir alguien. Es demasiado... –susurró ella, jadeando sin parar.

–Nunca te dije lo mucho que me gustó esa noche

–dijo él, moviéndose para colocarse sobre ella y acariciarle el sexo con su miembro erecto–. Me volviste loco. Y ahora estás muy húmeda otra vez. Para recibirme. Estoy loco de deseo, Fern.

–No bromees, Zafir –suplicó ella–. Por favor.

Él estaba temblando cuando la penetró.

Fern gimió, echándose hacia atrás para que la penetrara hasta más adentro.

Zafir empujó una y otra vez y cuando vio que ella arqueaba la espalda y gemía con fuerza, se detuvo para que llegara al orgasmo. Fern comenzó a jadear y se abandonó al éxtasis.

De pronto, se percató de que él se estaba conteniendo y que mordía su vestido para aguantar. Segundos después, comenzó a convulsionar y ella notó un intenso calor en su interior. Con los cuerpos unidos, ambos continuaron moviéndose rítmicamente, hasta que el clímax llegó a su fin y pudieron detenerse para tomar aire.

Zafir la abrazó tembloroso. Su corazón latía con fuerza contra su espalda. Ella recordó los sonidos que habían hecho mientras hacían el amor y se sonrojó.

Él se rio y la besó en el cuello.

–¿Estás bien?

–Intento no morirme de vergüenza. Ha sido...

–Así es –le mordisqueó la oreja–. Ha merecido la pena esperar –la besó en la mano y se retiró con cuidado de su cuerpo.

Fern intentó recolocarse la ropa y disimular lo satisfecha que estaba, aunque seguía excitada.

Él la miró de arriba abajo y ella lo miró también. Estaba muy atractivo. Sexy y sonriente.

—Pareces un sultán que acaba de disfrutar con su concubina —bromeó ella.

—Algún día, seré un duque —dijo él, y le acarició una pierna—. El que puso a la institutriz en un compromiso. Empiezo a pensar que me gustaría tener un harem, lleno de mujeres como tú.

—No me lo recuerdes. Tus títulos me intimidan.

—Cada vez que te sientas intimidada por mí o por el tipo de vida que vas a llevar, quiero que recuerdes lo que me has hecho. Estoy a tu merced. Enamorado, y lleno de deseo... —se besaron apasionadamente y con ternura.

—Y no es pecado.

—Para nada. Somos afortunados...

Epílogo

Dos años y medio después

Zafir la rodeó con el brazo y la atrajo hacia sí, medio colocándola bajo su cuerpo.

—¿Qué haces? —preguntó ella en un susurro—. Es pleno día.

—Revisión de pecas —susurró él y comenzó a desabrocharle la blusa.

Ella se rio y le acarició el rostro, recordando el motivo que él le había dado cuando ella le preguntó por qué le gustaban tanto sus pecas.

«Me recuerda que no hay una línea clara entre mi mitad inglesa y mi mitad árabe. Soy la suma de ambas, en un solo hombre».

Ella se derritió al oír sus palabras, y se sentía como si fuera la mujer adecuada para él.

Mientras él le besaba los senos, ella pestañeó y miró el techo de la tienda pensando en la maravillosa vida que tenía y preguntándose cómo había llegado a merecerla.

Él la miró asombrado.

—¿Estás aquí? Porque para concebir un bebé hacen falta dos, ¿sabes?

Ella sonrió.

–Solo estaba pensando en lo asombroso que es que nos hayamos conocido. Y justamente aquí. Podríamos habernos conocido en Inglaterra, pero no, mi alma gemela estaba en una reserva protegida en la que solo podían entrar ciertas personas.

–Me gusta pensar que te habría encontrado allí donde estuvieras –dijo él, abriéndole la blusa para admirar sus pechos desnudos–, pero me alegro de que haya sido aquí. ¿Sabes cuándo creo que me sucedió a mí? Cuando me comporté como un idiota cuando tú solo intentabas ayudar a esa chica. Me sentí horrible. Y muy culpable. No podía dormir.

–Así que viniste a mi tienda... –la chica estaba bien. La tribu había estado en el oasis durante cinco días y acababa de marcharse. Fern había decidido que pensaría en cómo animar a las chicas de su edad a seguir estudiando en lugar de contraer matrimonio antes de terminar la adolescencia. Y tendría que hacerlo con cuidado, porque los beduinos habían influido en que el resto de los habitantes de Q'Amara la aceptaran y no quería ofenderlos.

Zafir la miraba fijamente. Tendría que dejar el trabajo para otro momento.

–Esa noche te habrías marchado, pero yo no podía permitirlo –recordó ella, metiendo la mano bajo su túnica para poder acariciarle el hombro desnudo.

–Me gusta pensar que me habría marchado, pero me alegro de que no me pusieras a prueba –la besó.

Ella tuvo que contener un gemido.

–Ya has vuelto –dijo él, mientras le acariciaba el pecho y jugueteaba con su pezón.

Ella le rodeó la cintura con la pierna y se arqueó hacia él.

—Mamá, ¿estás ahí? —preguntó Tariq.

Zafir se retiró con un suspiro.

—En el momento oportuno, como siempre.

Ella se sentó y se abotonó la blusa, sonrojándose.

—Sí, estamos aquí, Tariq. ¿Qué quieres?

—Ahmed quiere verte —en la puerta de la tienda se vio la sombra de su hijo de dos años junto a la de Tariq.

—Mamá, ven —se oyó la voz del pequeño.

—Ya voy —lo tranquilizó ella, y miró a su marido mientras abría la puerta de la tienda.

—¡Baba! —dijo Ahmed al ver a Zafir, y salió corriendo hacia él. Era igual que Tariq, excepto porque tenía los ojos verdes como los de Zafir y la boca de Fern.

—Sí, ya veo que estaba deseando verme —dijo ella, sonriendo a Tariq.

—Sadiq y él estaban peleándose por la pala naranja otra vez —dijo Tariq—. Se ha enfadado cuando intenté darle la roja. Ha empezado a buscarte y al ver que no estabas se ha puesto a llorar.

—¿Quieres dejarlo aquí?

—No, esperaré a que esté preparado para jugar con su primo otra vez —se sentó en la cama y se rio cuando Ahmed se levantó del lado de Zafir y se acercó para atacarlo a él. Tariq agarró a su hermanito y se cayó de espaldas sobre el colchón.

Se inició una pelea en la que los dos niños atacaron a su padre, haciendo que Zafir se riera tanto que no pudiera luchar.

—Podrías ayudarme —Zafir regañó a Fern.

Ella negó con la cabeza y se rio.

—Soy como Suiza. No tomo partido por nadie —contestó. Y era verdad. Quería a todos por igual.

Cuando se tranquilizaron, Tariq extendió los brazos hacia su hermano.

—¿Vamos a buscar a Sadiq?

Ahmed asintió y Tariq se incorporó ofreciéndole la espalda. Ahmed se subió y lo rodeó por el cuello.

—A ver a Sadiq —dijo el niño.

—Me gusta que te diviertas con él, pero no tienes que cuidarlo todo el tiempo —dijo Fern, acariciándole el cabello—. También estás de vacaciones. Sé que tu tío quiere llevarte al desierto con los halcones.

—Lo sé, pero me dijo que si Baba y tú pasabais tiempo a solas a lo mejor decidíais darme otro hermanito. O quizá una hermanita.

«Oh, cielos». Fern se sonrojó al oír la indirecta de Tariq, o de Ra'id. Miró a Zafir.

—¿Eso lo ha dicho tu tío?

—Me preguntó si quería tener más hermanos. Le dije que sí, así que me dijo que debía daros tiempo para pensar y hablar sobre ello. Si a Baba no le importa, me gustaría que me dierais una hermanita —le dijo a Fern—. A los dos nos encantaría, ¿verdad, Ahmed?

—¡Sadiq! —insistió el hermano.

—¡No es así como funciona, Tariq! —soltó Fern.

—Sé cómo funciona —dijo él, con sonrisa de pillo—. Lo digo por si acaso.

Fern colocó las manos sobre las mejillas cuando Tariq se marchó y miró a Zafir.

—No estamos engañando a nadie, ¿verdad? —preguntó con un susurro.

–Al parecer, no –colocó el brazo detrás de la cabeza y dio unas palmaditas sobre el colchón para que Fern se sentara a su lado. Era un jeque deseando acostarse con su primera esposa–. Cierra la tienda y desabróchate la blusa. Vamos a terminar de concebir a otro bebé del oasis.

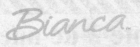

¡Llegó el momento de retomar lo que había comenzado en París!

El fugaz romance del príncipe Nadir con la virginal bailarina del Moulin Rouge había terminado casi antes de comenzar, e Imogen se había marchado llevándose con ella algo muy preciado para Nadir.

Pero la encontró de nuevo y se presentó con un plan.

Paso 1: llevar a Imogen y a la hija de ambos a Bakaan.

Paso 2: ignorar el traicionero deseo que sentía por la mujer a la que nunca había olvidado.

Paso 3: casarse con Imogen, asegurar su descendencia y establecer su reino en el desierto.

Pero el paso 2 resultó cada vez más complicado de seguir, sobre todo cuando estaba claro que no era el único que estaba luchando contra ese deseo.

El príncipe de las dunas

Michelle Conder

Acepte 2 de nuestras mejores novelas de amor GRATIS

¡Y reciba un regalo sorpresa!

Oferta especial de tiempo limitado

Rellene el cupón y envíelo a

Harlequin Reader Service®
3010 Walden Ave.
P.O. Box 1867
Buffalo, N.Y. 14240-1867

¡Si! Por favor, envíenme 2 novelas de amor de Harlequin (1 Bianca® y 1 Deseo®) gratis, más el regalo sorpresa. Luego remítanme 4 novelas nuevas todos los meses, las cuales recibiré mucho antes de que aparezcan en librerías, y factúrenme al bajo precio de $3,24 cada una, más $0,25 por envío e impuesto de ventas, si corresponde*. Este es el precio total, y es un ahorro de casi el 20% sobre el precio de portada. !Una oferta excelente! Entiendo que el hecho de aceptar estos libros y el regalo no me obliga en forma alguna a la compra de libros adicionales. Y también que puedo devolver cualquier envío y cancelar en cualquier momento. Aún si decido no comprar ningún otro libro de Harlequin, los 2 libros gratis y el regalo sorpresa son míos para siempre.

416 LBN DU7N

Nombre y apellido	(Por favor, letra de molde)	
Dirección	Apartamento No.	
Ciudad	Estado	Zona postal

Esta oferta se limita a un pedido por hogar y no está disponible para los subscriptores actuales de Deseo® y Bianca®.
*Los términos y precios quedan sujetos a cambios sin aviso previo.
Impuestos de ventas aplican en N.Y.

SPN-03   ©2003 Harlequin Enterprises Limited

EL COLOR DE TUS OJOS

NATALIE ANDERSON

Tener una aventura con el guapí-
simo campeón de snowboard
Jack Greene no encajaba en el
comportamiento habitual de Kel-
si. Pero su traviesa sonrisa le
hizo tirar por la borda toda la pru-
dencia... ¡además de la ropa!
Sin embargo, un embarazo ines-
perado la dejó fuera de combate.
No podían hacer peor pareja.
Jack adoraba vivir el presente,
mientras que ella buscaba la estabilidad. Aunque era difícil mantener los pies en la tierra tras ha-

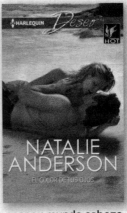

ber conocido al hombre capaz de poner su mundo cabeza
abajo.

Medalla de oro en la nieve y en la cama

¡YA EN TU PUNTO DE VENTA!